Guido Bachmann

Die Kriminalnovellen

Lenos Verlag

Band 56 der Reihe Litprint
Lenos Verlag, Basel

Copyright 1984 by Lenos Verlag, Basel
Satz und Gestaltung: Lenos Verlag, Basel
Umschlag: Konrad Bruckmann (unter Verwendung eines Bildes
von Ursula Stingelin aus der Serie „Fliegende Indianer", 1978)
Printed in Germany
ISBN 3 85787 083 4

Inhalt

Bibliographische Hinweise

Nobody's Diary
erscheint erstmals und basiert auf Motiven der Kriminalnovelle „Die Klarinette", 1969 im Lukianos Verlag, Bern, erschienen und seit Jahren vergriffen.

Windeisen
Die Novelle entstand 1972 nach Notizen aus dem Jahre 1971 und wird hier erstmals publiziert.

Gloria
erschien, zusammen mit „Wannsee", 1970 im Benziger Verlag, Zürich, und ist seit Jahren vergriffen.

Indianerspiele
wurde erstmals 1976 in der Anthologie „Zwischensaison. Textbuch der Gruppe Olten" publiziert; ein Nachdruck erschien in Heft 1/1984 der Literaturzeitschrift POESIE.

Wannsee
Die Erstausgabe von „Wannsee" erschien 1967 im Verlag der Eremitenpresse, Stierstadt im Taunus.
Weitere Ausgaben:
1970 im Benziger Verlag, Zürich (zusammen mit „Gloria").
1977 auf englisch/deutsch als Heft 10 der Zeitschrift „DIMENSION. Contemporary German Arts and Letters", Austin, Texas (Übersetzung André Lefevere).
1983 in der Rimbaud Presse, Aachen.

Nobody's Diary

Die Motorjacht schaukelte träge. Neben ihr, vertäut, lagen Segelboote. Die Taue schlugen im lauen Abendwind an die Masten, ein hölzernes Gelächter.

Nun schaukelte die Motorjacht so, dass man annehmen musste, es befände sich jemand unter Deck. Doch die verhängten Bullaugen liessen keinen Einblick in die Kajüte. Auf dem Wasser schimmerten Ölflecke, kleine Lachen, bizarr verformt und von gefährlich schöner Farbe. Ein Schwan, die rechte Flosse schwarz im Gefieder, lag bewegungslos wie ein Gummitier im algengrünen Wasser. Zwei Enten putzten sich auf dem bemoosten Dach des Bootshauses. Ein Spaziergänger warf Brotreste. Der Schwan ruderte einbeinig auf sie zu. Die Enten wasserten und nahmen sich die Überbleibsel. Sie schnatterten und schüttelten die Köpfe. Wie herbeigezaubert kreischten plötzlich tiefkreisende Möwen.

Der Spaziergänger knüllte die Tüte zusammen, zögerte, warf sie dann doch ins Wasser. Unterdessen hatte sich die Position der Jacht so verändert, dass sie backbord beinahe die benachbarte Jolle streifte. Auf der Seestrasse rollte der Abendverkehr.

Einige Stunden später, nicht weit vom Bootshaus entfernt in einer Nebenstrasse, die rechtwinklig von der Seestrasse abging, stocherte ein Junge mit einem Schraubenzieher im Zündschloss einer Yamaha SR 500, brach es auf und gab Gas. Der Kickstarter schnellte zurück und traf den Jungen am Fuss. Er bückte sich, und dabei fiel ihm das abgerissene Kartondeckelchen eines Streichholzbriefchens aus der oberen rechten Tasche seiner Jeansjacke. Vorsichtig drückte er den Kicker zum zweiten Mal, dann wieder abrupt: der Motor sprang an, der Junge setzte sich auf den Sattel und gab Gas.

Das Ehepaar lag im Bett. Frau Gilly wurde vom Lärm eines Motorrades aus dem Schlaf gerissen. Ihr Herz pochte schnell. Sie horchte nach dem Mann. Er war nicht erwacht. Sie schaute auf die Uhr. Kurz vor Mitternacht. Ihr fiel der Film ein, den sie gesehen hatte. Der Film hatte ihrem Mann nicht gefallen. Er hätte sich lieber die Rundschau angesehen, weil ihn die Beiträge *Krise in der PLO: Anfang vom Ende Yassir Arafats?* und *Polen nach dem Papstbesuch* interessierten; aber seine Frau hatte sich durchgesetzt. *Komm zurück, Kleiner* hatte der Film geheissen. Die Geschichte eines Knaben in einem Internat, der sich mit einem anderen Knaben anfreundet.

Frau Gilly setzte sich auf und lauschte. Sie wusste nicht, ob Lotte schon nach Hause zurückgekehrt war. Ihr fiel mit Schrecken ein, dass in einer Woche die Ferien beginnen würden. Imholz bot Gran Canaria, ein wahres Ferienparadies, vom 15.7.1983 bis 30.7.1983 für 1275 Franken an. Das war einfach zu teuer pro Person.

Der Junge mit der Yamaha hatte hügeliges Gelände erreicht. Die Augen tränten. Das Haar flatterte im Fahrtwind. Der rechte Knöchel schmerzte. Er warf den Schraubenzieher erst jetzt fort.

Lotte Gillys Zimmer war leer. Das Bett unberührt. Plattenhüllen lagen auf dem Boden. *Heisse Zeiten* mit Geier Sturzflug. Bonnie Tyler: *Total Eclipse Of The Heart*.

Gabriel, in einem der Doppelzimmer des Knabeninternats Höhe, lag in der unteren Koje. Er las in der Partitur des Klarinettenkonzertes A-Dur KV 622 von Mozart. Gabriel trug Kopfhörer. Im Walkman lief das Bändchen mit dem Klarinettisten Michaels. Das Adagio begann. Zur Schlussfeier des Schuljahres, am Samstag, 9. Juli, in acht Tagen schon, sollte er im Aula-Pavillon, begleitet von einem ad hoc-Orchester, das Konzert spielen. Jetzt hatte er Angst um Peter, der von seinem heimlichen Ausflug immer noch nicht zurückgekehrt war.

Frau Gilly ging schwerfällig über den Korridor. Die Krampfadern machten ihr zu schaffen. Schon deshalb war ihr ein Aufenthalt auf Gran Canaria, wohin ihr Mann seit Jahren wollte, schrecklich zuwider. Die gewundenen dicken blauen Stränge und

Adernknoten schimmerten durch die unnatürlich weisse Haut der geschwollenen Beine. Sie öffnete die Tür zu Lottes Zimmer leise und lauschte. Das Zimmer war leer.

Die Yamaha im Dickicht. Es hatte ihn des schmerzenden Knöchels wegen Mühe gekostet, das Motorrad hinters Gebüsch zu bringen. Junge Eichen am Waldrand. Der Sattel war noch warm. Er küsste ihn. Dann musste er an seine Mutter denken und kniff sich mit Daumen und Zeigefinger so schmerzhaft in die Innenseite des Oberschenkels, dass er sich beruhigte. Ein gutes Mittel gegen Lachen, Weinen, Wut und Angst.

Frau Gilly entschloss sich, ihren Mann zu wecken. Er würde danach nicht mehr einschlafen können. Das war ihr recht. Wozu sollte sie allein eine schlaflose Nacht verbringen. Bei dieser Gelegenheit könnte sie ihm auch gleich Gran Canaria ausreden. Nicht auszudenken, wo die Göre sich in der Geisterstunde herumtrieb. Sie war erst sechzehn und seit Frühjahr in der Soundbox angestellt, wo sie Platten und Bändchen verkaufte. Frau Gilly behauptete in der Nachbarschaft, es handle sich um eine kaufmännische Lehre.

Das Rondo allegro des Klarinettenkonzertes war zu Ende. Gabriel zweifelte nicht daran, dass er den Part auswendig konnte. Er war vierzehneinhalb und spielte seit sechs Jahren Klarinette. Sein Vater war Berufsmusiker. Die Mutter hatte Gabriel mit acht verloren. Sie war von einem Auto überfahren worden.

Peter kratzte am Fenster. Direktor Kuhn stand im Schatten einer Kastanie und beobachtete die Szene. Er biss auf das Mundstück der erkalteten Pfeife. Die Zähne Kuhns, lachte er, was selten genug vorkam, wurden dann bräunlich sichtbar und standen schief, weil sie von jahrelangem Pfeifenrauchen abgescheuert worden waren. Er pfiff Peter nicht herbei. Immerhin wusste er jetzt, woran er war und glaubte nicht mehr daran, dass Peter den zweiten Freitag seine krebskranke Mutter besucht hatte.

Frau Gilly, nun war es 1 Uhr, umwickelte ihre geschwollenen Beine stöhnend mit stumpfbrauner Medizinalbinde. Ihr Mann, nervös, weil er den Auftrag hatte, die Polizei zu alarmieren, schielte seine lange Nase entlang, auf der ein Pickel blühte.
— Überhaupt müsstest du dich in solchem Paradies modischer kleiden. Sogar Beni Turnheer hat im Tell-Star Bermudas getragen. Und er ist doch ein berühmter Quizmaster. Stell dir vor. Aber er hat ja schliesslich auch tolle Waden. Er hatte ganz recht, mal aus der Reihe zu tanzen. Man sollte sich viel mehr so geben, wie man sich wohl fühlt. Ich hätte auch nichts dagegen, wenn die Nachrichtensprecher ohne Krawatten auftreten würden. War-

um trägst du keine Bermudas? Alle tragen Bermudas. Nur du nicht. Ruf jetzt die Polizei an.

Die Jacht, fiel Polizist Donnerbühl, der Nachtdienst hatte, auf, war nicht, wie knappe zwei Stunden zuvor, im Bootshaus, sondern, Heck zum Ufer, steuerbord des Bootshauses am Holzsteg vertäut. Das weisse Topplicht brannte, das rote Backbordlicht ebenfalls. Funkeln auf lackschwarzem Wasser. Donnerbühl suchte das Boot mit dem harten Strahl der Stablaterne ab. Das Schlepptau war gekappt. Gloor wartete einige Schritte entfernt. Donnerbühl notierte die Zertifikationsnummer. Er las, dass die Jacht *Narziss* oder *Narzisse* hiess. Ob mit dem Bootsnamen der schöne Jüngling, Sohn des Flussgottes Kephisos, Narziss, in den sich viele verliebten, der aber alle Liebhaber zurückwies und sich ins eigene Bild, das er in einer Quelle sah, vernarrte oder ob die Blume Narzisse gemeint war, in die Narziss verwandelt wurde, konnte Donnerbühl, Amateurboxer und Berufspolizist, nicht wissen, weil er sich im Dirnenviertel besser auskannte als in griechischer Mythologie.

    — Na komm schon, sagte Gloor.

    — Vor zwei Stunden war die Jacht im Bootshaus.

    — Und wenn schon. Daneben ist ja genug Platz. Gehst du noch ins Spital?

    — Nein.

    — Aber sie hat doch die Wehen.

– Ich gehe morgen früh.

– Vielleicht bist du dann schon Vater, sagte Gloor und lachte anzüglich. Die Glocke der Johanneskirche schlug ein Viertel nach eins, als sie über Sprechfunk die Vermisstmeldung Lottes empfingen. Ins Arbeitslager sollte man dieses Pack stecken, raunzte Gloor, dann färben sie sich die Haare nicht mehr grün.

– Meine Frau hat aber auch eine Mèche, sagte Donnerbühl.

– Aber sicher keine grüne.

– Ich rufe doch mal schnell ins Spital an.

– Wie war's? fragte Gabriel. Er stand mit nacktem Oberkörper vor Peter. Die Pyjamahose war etwas schmuddelig und verbeult. Peter, der durch das Fenster, das Zimmer lag im Erdgeschoss, gestiegen war, atmete immer noch schnell und kurz. Er gab keine Antwort. Er war grösser als Gabriel. Die Wangen flaumig. Er bückte sich und massierte den schmerzenden Knöchel.

– Was soll denn schon gewesen sein, sagte er dann doch und blickte auf. Und diffus: Ich habe mich unter deinem Namen ausgegeben. Jetzt mögen sie meinetwegen nach einem Gabriel Berger suchen.

– Wieso denn?

– Ach, ich weiss nicht, sagte Peter und gähnte gekünstelt. Einfach so.

– Warum muss man dich denn suchen?

– Warum soll man mich nicht suchen?

– Was hast du denn ausgefressen?

– Wieso soll ich was ausgefressen haben? Peter schaute Gabriel fast scheu an. Er war im Januar geboren und ein knappes Jahr älter als Gabriel, der am 24. Dezember Geburtstag hatte.

– Bei wem hast du dich denn unter meinem Namen ausgegeben?

– Bei Lotte.

– Ach so.

Sie schwiegen. Es war eine Spannung zwischen ihnen, das Unausgesprochene. Sie teilten das Zimmer seit einem Jahr.

Im Internat Höhe gab es nur Zweierzimmer; eine Marotte Kuhns, der noch um zwei Uhr am Schreibtisch sass und trübsinnig Pfeife rauchte. Seine altmodische Auffassung vom pädagogischen Eros war an der Wirklichkeit zerbrochen. Zu seiner Zeit, Kuhn war 69 Jahre alt, war aus Freundschaften etwas Geistiges entstanden. Das bildete er sich wenigstens ein. Doch er hielt sich immer noch an seine Vorbilder Neill, Wyneken und Geheeb. Seltsam, dass alle (er war mit ihnen befreundet gewesen) steinalt geworden waren. Über neunzig. Beinahe hundert.

Er konnte sich nicht auf Peter Bolla konzentrieren. Etwas fehlte dem Jungen, der ihm seit einiger Zeit nicht mehr in die Augen schaute. Er legte die Pfeife weg und entschloss sich, nach dem samstäglichen Chorsingen mit Peter zu reden.

— Willst du nicht in die Klappe? fragte Gabriel, der
sich hingelegt hatte und das Kinn aufstützte. Er sah
zu Peter hinüber, der im Schneidersitz mitten im
Zimmer vor sich hinstarrte und einen Joint paffte.
Er murmelte: Da hat einer in Genf den Satan vor
sich gesehen. Verstehst du? Im Bus. „Ich sehe den
Teufel vor mir", hat er gebrüllt, „eine Woche ver-
folgst du mich schon!" Dann stach der Wackelgreis
zu. Er hat einen Achtzigjährigen erstochen. Mitten
ins Herz. Das finde ich geil. Oder? Also echt.
— Weiss nicht.
— Ein Fahrgast entwand ihm das Klappmesser.
— Warum hat er den Satan gesehen?
— Glaubst du an den Satan?
— Weiss nicht.
— Den Satan gibt's. Willst du einen Zug?
— Mhm.
Peter stand auf und hinkte zur Koje. Er setzte
sich neben Gabriel und gab ihm den Joint. Afghan,
sagte er.
— Was machen eigentlich die Russen dort?
— Lass mich doch mit den blöden Russen in
Ruhe, schnauzte Peter. Er hustete. Wieder sein
leerer Blick ins Unbestimmte. Hellgraue Augen,
bläulicher Schimmer darin: seltsamer Kontrast zu
pechschwarzem Haar. Gabriel spürte, dass Peter
zitterte.
— Frierst du?

— Nein nein. Alles ok. Meinst du, dass Kuhn etwas bemerkt hat?

— Und wenn schon.

— Ich hab nämlich einen Ofen geklaut.

— Was hast du?

— Ehrenwort. Eine Yamaha SR 500, echt geiler Bock.

— Das ist aber scharf.

— Das schon. Aber mir ist wirklich schattig. Alles zittert innerlich. Der Magen. Oder das Zwerchfell. Vielleicht der Stress, weil ich so durch die Pampa heizte. Eigentlich hab ich die totale Panik.

— Kenn ich. Ein grelles Gefühl.

— Abgefuckt, du — also echt.

— Wie hast du's denn getan?

Peter rutschte ein wenig nach hinten und schaute Gabriels winzige Brustwarzen an. Gabriel hatte eine Popperfrisur. Vorne Pagenschnitt, hinten kurz geschoren. Er sah so niedlich aus, dass sich Peter auf die Unterlippe biss. Was noch vor einem Jahr selbstverständlich gewesen war, schien an Gabriels Widerstand zu zerschellen und war unlängst im Nebeltraum versunken.

— Ganz einfach, sagte Peter stockend. Er bückte sich und massierte den Knöchel mit beiden Händen. Er hatte auffallend lange Finger und bräunliche. Mit einem Schraubenzieher, verstehst du. Ich habe ihn von der Jacht mitgenommen. Mit ihm hab ich das Zündschloss aufgemurkst. Damit wird der Lenker frei und der Stromkreis schliesst sich. Also die Blockierung ist aufgehoben, verstehst du. Dann machte ich einen Fehler. Die Yamaha ist besonders giftig. Also, ich trat den Kicker – und bums, ich krieg eine Glocke, sag ich dir, einfach unglaublich, echt. Weisst du, wenn der Kolben falsch steht und du den Kickstarter mit Schwung runterdrückst und der Motor anspringen will, schnellt der Kicker zurück. Schlimmer als ein ausschlagendes Pferd. Ich flippte fast aus. Also, der Zylinder hat einen Anzeiger: ich drückte den Kicker sanft nach unten, bis ich sah, dass der Kolben flott stand. Dann startete ich. Supergeil, sag ich dir, also echt. Hinten blies einer zur Sache, dass mir die Ohren rauschten. Ich hatte ein Chopper-Feeling, echt bärenstark, als ich mit dieser Rakete um die Kurven pfiff.

– Du hast eben den echten Durchblick.

Peters Gesicht verhärtete sich, weil er geschmeichelt war und seine Freude oder die Hoffnung nicht zeigen durfte. Zeit zum Schlafen, murmelte er.

– Ach sei doch kein Schlaffi. Morgen ist ja Chorsingen. Ich möchte mich noch ein wenig an Lotte anheizen.

– Ich hab das Gefühl, die ist auf einen anderen Typen abgefahren. Vielleicht einer mit Geld und geilen Klamotten. Weisst du, da bin ich ziemlich finster drauf, echt.

– Wieso denn? Ist doch schliesslich keine Zweierkiste. Ist sie wirklich eine so zombige Tante?

– Tauschön, sag ich dir.

– Und?

– Was?

– Hast du?

– Logo.

– Das schärft mich. Gabriel legte sich zurück. Peter schaute auf die Veränderung der Pyjamahose. Ein rattenhaftes Geschoss, schwärmte Peter ohne Begeisterung und wagte nicht mehr, auf das kleine Zelt zu sehen.

– Und die Titten?

– Solche Titten, sag ich dir: die brachten mich sofort in die Gänge. Stell dir vor: mitten auf dem See, das Wasser war ganz ruhig.

– Und dein Alter bemerkt nichts, wenn du die Jacht nimmst?

– Waw. Wir beide nur in der Badehose. Ich hatte eine irre Schärfe. Und dann fasst sie mich plötzlich an: genau so! Peter hatte einen staubtrokkenen Mund, weil er nicht mehr wusste, was er erfinden sollte; und so fasste er Gabriel an: Genau so hat sie mich berührt. Verstehst du?

– Nur durch die Hose?

– Vorerst ja. Dann waren wir nackt.

– Und?

– Was und? Einen geblasen hat sie mir.

– So? Dann glaube ich, dass ich hier auf dem falschen Dampfer bin. Doch Gabriel entwand sich nicht. Und Peter: But it's so hard, lovin' you.

– Endhärte! Gabriels Stimme brach im Diskant. Er zuckte, aber sein Atem ging unhörbar, als der kleine Fleck entstand. Erst jetzt stiess er Peters Hand beiseite. Der Stich im Herz. Etwas Rotes, die Wut heisse Asche. Peter tat, als sei ihm die Zurückweisung egal. Gabriel hatte sich auf den Bauch gelegt. Sein brauner Rücken goldflimmernd flaumig. Weisser Streifen beim Ansatz der Hinterbacken. Peter wollte aufstehen, als Gabriel sagte: Komm doch, es war nicht so gemeint. Weisst du, manchmal denke ich, dass es mir bleibt.

    – Glaub ich nicht.

    – Bitte! *Du* hast ja eine Freundin. Ich nicht.

    Peter war betroffen. Ach nein. Hab sie ja erst zum dritten Mal gesehen. Nach Ostern in einer Disco angemacht, sonst nichts. Und letzten Freitag. Und heute.

    – Hoffentlich hast du ihr keinen Braten in die Röhre geschoben.

    – Häng mir doch keinen Hänger an, also echt.

    – Und du hast den Harten wirklich rausgelassen?

    – Sag ich doch immer.

    – Ist sie nicht nur eine blöde Discotorte?

    – Vielleicht ein wenig tilt. Peter freute sich beinahe, als er ahnte, dass Gabriel eifersüchtig war; aber dieser schmälerte: Sie hat sich also einen anderen Typen angelacht?

    – Bestimmt einen Softi.

    – Jetzt hab ich aber Panik. Und du willst sie nicht mehr treffen?

Peter wusste nicht, wie er die Frage deuten sollte. Sie hatte flehend getönt. Er besann sich nicht
lange und sagte heiser: Alles Unsinn. Ich hab sie erwürgt, die Beine mit T-Eisen beschwert und Lotte
ans Schlepptau gehängt, das ich bei voller Fahrt
voraus gekappt habe.

– Du spinnst.

– Und du? Hast du geübt?

– Waw. Du hast sie weder gebumst noch tot
gemacht. Bin ich ein Kind? Ich bin doch vierzehneinhalb! Wann ist ein Kind ein Jugendlicher? Und
wann ist ein Jugendlicher erwachsen?

– Ab wann ist ein Mensch ein Mensch? Bei der
Befruchtung?

– Weiss nicht.

– Mein Alter sagt: bei der Geburt. Der muss es
ja wissen als Frauenarzt. Jetzt ist er auch noch Professor. Er schmiert mir immer was vor und hängt
den Chef raus.

– Jetzt hab ich ein halbes Kind im Pyjama. Gabriel kicherte nervös. Oder nicht? Das ist doch ein
halber Mensch, oder? Wenn ich einen so grossen
Schwanz hätte wie du, bräuchte ich mich vor den
Mädchen nicht zu schämen. Meint sie tatsächlich,
du hiessest Gabriel? Und wenn du sie jetzt umge-
bracht hast? Dann bin ich schuld.

Peter begann wie verrückt zu lachen. Gabriel
wusste nach einer Weile nicht mehr, ob die heftigen
Atemstösse trockenes Schluchzen oder krampfhaf-
tes Gelächter waren.

– Du gehst mir auf den Wecker.

– Der Shit. Gewiss nur der Shit. Peter zitterte und klapperte mit den Zähnen. Ich muss unter die Decke! Seine Hände flatterten. Ich bin total auf Horror. Zünd mir einen Hugo an.

Gabriel steckte Peter eine Zigarette in den Mund. Du bist ja ganz schön abgefuckt.

– Meine Mutter, sagte Peter, der sich etwas beruhigt hatte, benimmt sich manchmal so. Gib mir doch eine Ohrspülung! *Let's Dance*. Gott, ich bin fix und foxi.

– Hängt denn deine Mutter immer noch an der Nadel?

– Krebs.

– Das nächste Mal glaubt dir, wenn du auf die Kurve gehst, kein Schwanz mehr, du habest die Mutter besucht. Sie liegt ja gar nicht im Spital. Kannst froh sein, dass der alte Heinrich heute Aufsicht hatte.

– Ach, das ist doch alles Asche. Zum Glück nur noch eine Woche. Ich halte das nicht mehr aus hier. Ist ja echt tot alles, also echt. Aufstehen, um zu lernen, einschlafen, um aufzustehen. Man weiss, wozu man lebt. Fuzzi, alles fuzzi. Früher war's noch schlimmer. Schlafsäle, stell dir vor! Die haben mich einfach ins Internat abgeschoben. Nicht nur, weil meine Mutter Morphium nimmt. Glaub ich echt nicht. Der Alte, der will mich einfach nicht. Und meine Mutter hatte früher immer das Ballett im Kopf. Und ich musste weg. In Schwyz standen vierzehn Metallbetten im Saal. An den Wänden ein Lavabo neben dem andern. Die älteren Böcke haben sich schon rasiert. Sie wollten immer mit uns Jungen wichsen.

– Du ja auch.

– Ist nicht wahr. Die waren ganz anders. Bökke, sag ich. Stinknormal. Die haben einfach abgesamt und uns für Mädchen gehalten. Stinkheteros. Die haben auch gesoffen.

– Mein Alter ist auch ein Alki. Das wird immer schlimmer mit ihm. Er will, dass auch ich Klarinettist werde. So was Blödes. Er behauptet immer, erster Klarinettist des Stadtorchesters zu sein. Stimmt gar nicht. Er sitzt einfach am Pult und dudelt sich einen ab. Mensch, hab ich einen Hass auf Zwang!

– Hauptsache, du wirst berühmt. Ich mag Mozart. Er hat einen lässigen Sound.

– Da da da – ich lieb dich nicht.

– Ich will leben.

– Give me your heart tonight, sagte Gabriel entschlossen.

– Abracadabra.

– Verdamp lang her.

– Good trouble.

– Hot Dog.

– Ich will Spass.

– View from a bridge, sagte Gabriel und, als er Peter berührte, die Wüste lebt.

– Wrap your arms around me, sagte Peter, als

sie nackt nebeneinander lagen.

– Agnetha.

– Heisse Zeiten.

– Typisch.

– You gotta say yes to another excess.

– Confrontation, schloss Gabriel. Und Peter vor Tagesanbruch: True.

Gottlob Müller, kurz vor der Pensionierung, er war auch in dieser Stadt Wachtmeister geblieben bei der Polizei, wirkte nun, älter geworden, nicht mehr so mürrisch wie früher. Er war ausserordentlich dick. Doch hinter seiner Gemütlichkeit verbarg er etwas abgrundtief Schlaues. Seine Toscanelli (er rauchte diese Marke seit acht Jahren) war im Mund erloschen. Er schob Frau Gilly mit dem Bauch in die Wohnung.

– Das Bett ist unberührt, sagte Frau Gilly.

– Und ihre Tochter? Frau Gilly verstand den Witz nicht. Sie deutete die Frage anders und zuckte mitleidheischend mit den Schultern. Danach ergoss sich ein Schwall über Müller, der nicht zuhörte, sondern sich in Lottes Zimmer umsah. Sein eisgrauer Haarkranz stand borstig von der eminenten Glatze ab. Frau Gilly kam auf ihre Krampfadern zu sprechen, wich auf Gran Canaria aus und gelangte mit einem Sprung zum spanischen Ferienparadies Tarragona, wo deutsche Touristen gesteinigt worden waren, was Müller überhaupt nicht bedauerte. Im Gegenteil. Er hatte im Raum Basel Aktivdienst geleistet und war überzeugt, dass die Schweiz den Krieg gegen die Deutschen gewonnen hatte.

– Man kann gar nicht mehr in Ferien fahren. Ist das die Möglichkeit? Zwei deutsche Brüder hatten in ihrem Auto am Strassenrand geschlafen, als gegen vier Uhr früh unbekannte Gangster riesige Steine in den Wagen warfen. Ja ja, man wollte sie steinigen.

– Warum haben sie nicht im Hotel übernachtet? Und übrigens: wer da unschuldig ist, der werfe den ersten Stein.

– Die Täter sollen Zigeuner gewesen sein. Mein Gott, wenn ich denke, Lotte sei unter die Zigeuner gefallen!

– Denken Sie lieber nichts. Verkehrt sie mit Zigeunern?

– Lotte? Ich bitte Sie. Meine Tochter.

– Sechzehn also. Gut gut. Signalement bekannt. Geben Sie mir aber trotzdem das Foto, von dem Sie am Telefon gesprochen haben.

Frau Gilly holte das Foto. Müller ging hin und her. Kann man denn, fragte er die zurückkehrende Mutter, überhaupt von einer kaufmännischen Lehre sprechen? Oder arbeitet sie einfach als Verkaufskraft in der Soundbox? Frau Gilly begann sofort zu weinen. Das ersparte ihr die Antwort. Müller machte wieder die Runde. Sein Riecher für Nebensächlichkeiten, die wichtig wurden, war berühmt und unbestritten. Die Nippes auf der Glasfläche der Vitrine von Möbel Pfister klirrten unter seinen Schritten. Briefsachen? fragte er und zog eine Schublade heraus. Hoppla. Wen haben wir denn da? Lottes Verlobten? Er hielt die Fotografie in graubehaarter Riesenhand. Oder einen Verehrer?

– Nein. Umgekehrt.

– Signiert.

– Peter Alexander!

– Mein Gott. Er warf das Foto angeekelt in die Schublade zurück und knallte sie zu.

– Peter Alexander heisst bürgerlich Neumayer.

– Was Sie nicht sagen. Ich heisse nur Müller. Gottlob. Dieser Neumayer kommt mir aber schon ziemlich alt vor. Frau Gilly wirkte schwer beleidigt. Und Lotte ist also eine Verehrerin dieses Neumayers? Sie sieht aber eigentlich ganz anders aus, finde ich. Müsste eher auf Nina Hagen stehen.

– Wer ist denn das?

– Eine Nonne. Mit Kind. Mal was Anderes. Frau Gilly begriff nichts mehr, kam aber wieder in Rage, als Müller fragte: Bleibt sie oft weg?

– Niemals!

– Blablabla. Hat sie nicht die berühmte Freundin, bei der sie übernachtet?

– Das schon. Zuweilen.

– Na sehen Sie.

– Aber dann mache ich immer einen Kontrollanruf nach der zweiten Hauptausgabe der Tagesschau.

– Und wie heisst die Freundin?

– Ursula Grau.

– Was tut sie?

– Sie arbeitet im selben Geschäft wie Lotte.

– Also auch Verkäuferin.

– Leider verkaufen sie dort keine klassische Musik. Clayderman spielt alles klassisch. Oder Franz Lehar und James Last. Alles klassisch.

– Die Macht des Schicksals.

– Ist aber von Wagner. Oder Verdi?

– Alles dasselbe. Müller hätte die Toscanelli am liebsten ausgespuckt. Sie schmeckte mehr nach Stroh als nach Leim. Dann riss er plötzlich das Kopfkissen weg. Er schnaufte befriedigt und legte die Toscanelli pietätlos auf das Nachttischchen von Interio. Auf dem Leintuch lag ein Schlüssel. Müller nahm ihn zärtlich an sich. Er roch beinahe an ihm. Ein Postfachschlüssel. Das werden wir nun mal überprüfen, sagte er leutselig.

– Was ist denn das für ein Schlüssel, um Gottes Willen? Er sieht so kompliziert aus. Doch kein verbotener Schlüssel?

– Das werden wir sehen.

Frau Gilly begann wieder zu schluchzen. Höchste Zeit, dass er entkam. Es fehlt also nichts? Keine Kleider, Koffer, Klunker, Kram?

– Nichts. Gar nichts. Ausser Lotte.

Peter löste sich aus der Umarmung. Er tat es vorsichtig, damit Gabriel nicht erwachte. Das Haus still. Früher Morgen. Nun sah er, der Knöchel war geschwollen. Er deckte Gabriel zu. Dann schlüpfte er in die Jeans und ging hinaus. Die Toiletten waren vom langen Korridor aus zu betreten. Johnnie, ein Primaner, er hatte aschblondes Haar, verliess eine Kabine. Er war, eine Ausnahme auf der Höhe, über zwanzig und stammte aus Umhlanga Rocks.

– Gut gebürstet? fragte Johnnie.

– Leck mich am Arsch, sagte Peter und erschrak erst danach. Er starrte Johnnie an. Es hiess, er habe ein Vermögen dunkler Herkunft geerbt von einem Mann, bei dem er gewohnt habe. Das gab ihm zusätzlich einen exotischen Anstrich.

– Na Baby?

– Nenn mich, verdammt noch mal, nicht Baby. Peter fiel auf, dass Johnnie vollständig angezogen war und nicht den Anschein erweckte, er käme aus dem Bett, um eine Stange Wasser in die Ecke zu stellen.

– An meinem fünfzehnten Geburtstag feierten wir eine Orgie. Kannst du dir gar nicht vorstellen. Da hat sich eine Frau in eine Paella-Pfanne gesetzt. Und danach wurde erst noch eine Leiche gefunden. Ein Kastrat in der Badewanne. Muss ich dir mal im Zusammenhang erzählen.

Peter hatte plötzlich wahnsinnig Angst vor Johnnie, der die Arme verschränkte und Peter anstarrte, während er gedehnt sagte: Ich rieche Menschenfleisch.

– Das muss deine eigene Scheisse sein.

– Möglich. Ich helf dir aus dieser Scheisse raus, wenn du willst. Motorräder, Mädchen, Bubis, Fotos – – alles Scheisse, was?

Peter wurde schlecht. Er war bis in die Zähne weiss. Leeres Schlucken: der Adamsapfel bewegte sich ruckartig. Doch er bezwang sich. Johnnie bluffte. Er konnte nichts wissen. Jedenfalls von Lotte wusste er bestimmt nichts. Peter würde notfalls alles bestreiten. Gabriel hielt dicht: darauf verliess er sich mehr als auf sein Leben. Als Gabriel eingeschlafen war, hatte Peter zu ihm gesagt, er liebe ihn. Danach war ihm der Samen süss geworden im Mund. Jetzt sagte er gepresst: Darf ich nun wohl meinen Neger abseilen?

– No future, grinste Johnnie: ihr in Europa seid sowieso am Verrecken. Nicht nur du. Eine warme Nacht. Du hast dich ja mächtig abgeplagt, die Yamaha durchs Gebüsch zu bringen. Aber du weisst nicht, dass der alte Heinrich läufig war und den Park eingenebelt hat. Senile Bettflucht. Er hat dir zugesehen, wie du eingestiegen bist. Ist ja auch nicht hoch, das Fenster. Er gurrte. Peter hatte einen schrecklichen Verdacht. Er zischte: Elender Spanner!

– Jeder tut, was er kann.

Peter machte kehrt, öffnete die Tür und schmetterte sie zu. Knallendes Echo im Korridor. Als er sich auf die Brille setzte, merkte er, dass sein ganzer Leib zitterte. Du kannst ja ein Loch bohren und reinlinsen, wenn es dich aufgeilt, schrie er und drückte.

Müller, bestens gelaunt, zündete draussen mit Wohlbehagen eine Toscanelli an, die nun endlich nach Beize und Teer schmeckte, was sie durchaus sollte. Nun hatte alles seine Richtigkeit. Er schwitzte nicht einmal unter den Hosenträgern. Der Tag war jung und schön, und an der Sache mit Lotte Gilly war etwas oberfaul, er spürte das in der Knollennase, die verblüffend an Heinrich Gretler erinnerte. Trotzdem: in der Nase juckte es, und er würde wohl gleich niesen können. Das, fand er, putzte das Gehirn durch. Er stand still, nahm die Toscanelli aus dem Mund, blinzelte in die Sonne und musste danach neunmal niesen. Ein Prachtstag. Das Niesen hatte bis in den Bauch hinein wohlgetan.

Er stand vor dem Postbüro. Das Fach fand er sofort. Es lag nur ein Brief darin, den er summend herausnahm. Er freute sich über das Postgeheimnis. Ein prickelndes Gefühl, süsser als niesen, als er den Brief öffnete, bevor er das Fach schloss. Er fand nur ein Foto. Keine Zeile dabei. Ein Polaroidfoto, das zwei splitternackte Knaben vor einem Kojenbett zeigte. Sie standen umschlungen und guckten ziemlich blöde ins Objektiv.

Gabriels Stellung war unverändert. Er schlief bewegungslos, und Peter hörte seinen Atem nicht im

Zimmer, dessen Luft sie gemeinsam getrunken. Die Lippen leicht geöffnet, eine Haarsträhne über den Brauen. Es war sechs. Das Morgenläuten der Dorfkirche. Schafe blökten. Peter kniete vor dem Schrank nieder. Gabriels Schrank. Zuunterst, versteckt, Briefe, die Peter Gabriel aus der Normandie geschickt hatte. Und ein schmales Heft, *Nobody's Diary*, das Peter geführt und Gabriel ausgeliehen hatte. Eine Art Tagebuch. Notizen. Spärlich. Die Schrift krakelig. Und einige Fotos, die sie mit Peters Polaroidkamera gemacht hatten. Verwackelte Bilder: beide guckten ziemlich blöde ins Objektiv, ungeschickt umschlungen, ein Dokument befristeter Geilheit, die vorm Selbstauslöser vorgehalten hatte, bis der Negativvorrat aufgebraucht gewesen war. Er wollte *Nobody's Diary* an sich nehmen, liess es aber sein und flüsterte: Ich liebe dich. Aber die Fotos mussten noch vor dem neunten Juli vernichtet werden. Ein gemeinsames Verbrennen. Kremation der Erinnerung, die zu einer neuen Wirklichkeit geworden war. Man musste sie mit Blut besiegeln. Ein Pakt: diesen Vorsatz fasste er. Ausserdem nahm sich Peter vor, noch vor dem Chorsingen mit Johnnie zu sprechen. Er stand auf und las den Spontispruch an der Wand. Er hatte ihn nach der ersten Begegnung mit Lotte am Anfang des Sommerquartals nach Ostern an die Wand gesprayt:

WER FRÜH STIRBT
IST LÄNGER TOT

– Sie müssen sich deutlicher ausdrücken, Fräulein Grau.

– Ich kann doch nichts dafür. Er hat tatsächlich lange Finger.

– Also nicht im übertragenen Sinn, präzisierte Müller pedantisch. Er sass unbequem auf einem dreibeinigen Hocker im Sousol der Soundbox. Eine Wendeltreppe führte hinunter. An den Wänden fragwürdige Posters. Gestelle. Kassetten. Boxen. Bändchen. Platten. Und vor allem der abscheuliche Geruch nach Beedies. Müller ärgerte sich, dass er noch nicht nachgeprüft hatte, wer das Postfach für Lotte, an die der Brief mit dem ominösen Inhalt gerichtet war, gemietet hatte. Den Brief hatte man beim Bahnhof eingeworfen. Der Stempel irgend eines Kaffs hätte mehr Aufschluss gegeben.

Er nahm das Kuvert hervor. Blöde Kerle, dachte er und unterdrückte die Erinnerung an ein Pfadfinderlager. Damals hatte es noch keine Polaroidkameras gegeben. Mit seinem grossen Daumen bedeckte er die Stelle, wo die Knaben eigentlich mindestens Badehosen oder sowas hätten tragen müssen und hielt Ursula Grau das Polaroidfoto dicht unter die Nase. Sie errötete, als hätte sie durch den Daumen hindurchgesehen; aber das widersprach Müllers physikalischen Erkenntnissen entschieden.

– Also? Welcher von beiden? Ich kann nicht feststellen, welcher lange Finger hat. Und bräunliche. Er rümpfte die Kartoffelnase.

– Sprechende Hände.

– Unsinn. War einer hier?

– Dieser da. Ganz sicher. Sie tippte ihn mit dem violett lackierten Nagel des Mittelfingers an: gestern abend!

– Wann?

– Kurz vor halb sieben. Wir wollten eben schliessen.

– Name?

– Gabriel.

– Und?

– Gabriel. Weiter nichts.

– Und der Kleinere?

– Den hab ich nie gesehen.

– Aha. Müller drehte das Foto um und steckte es in den Briefumschlag. Also. Gestern – –

– Berger. Mir fällt ein, er heisst Gabriel Berger.

– Na also. Warum nicht gleich so. Gestern kommt dieser Gabriel Berger um zwanzig nach sechs ins Geschäft und holt Lotte ab.

– Aber Lotte ist nicht bei ihm geblieben!

– Ach ja? Das ist ja hochinteressant. Nun erzählen Sie mal, wer dieser Gabriel ist.

– Das weiss ich doch nicht! Lotte hat ihn vor Monaten in einer Disco getroffen. Er hat sie angemacht. Das war im Frühjahr. Um Ostern rum, richtig: sie ging von der Schule ab. Und plötzlich, vor einer Woche, ist er hier aufgetaucht und hat eine Single gekauft. Und zwar *Nobody's Diary* mit Yazoo. Ziemlich weit unten auf der Chart. Und dann sagte er grossgekotzt: „Also, nächsten Freitag? Ich hab nämlich eine Jacht zur Verfügung."

Müller hatte verständnislos gezwinkert; aber als Ursula die Jacht erwähnte, wurde sein Blick lebhaft. Er konnte es nie lassen, ohne Information vom Posten wegzugehen. So las er immer die Rapporte der Kollegen. Besonders, eine Marotte, die unwichtigen. Donnerbühl, dem die bevorstehende Entbindung eines Kindes offenbar mehr zusetzte als seiner Frau, hatte etwas von einer Jacht geschrieben, die um halb elf im Bootshaus, um ein Uhr früh aber neben dem Bootshaus vor Anker gelegen habe. Müller schaute nach innen. Richtig. Narziss. Oder Narzisse. Wissen Sie zufälligerweise, wie die Jacht heisst? fragte er.

— Ja. Das hab ich nicht vergessen, weil sie mir Kopfschmerzen machen. Narzisse.

— Nicht Narziss?

— Schon möglich.

— Aber ein Narziss macht Ihnen doch wohl keine Kopfschmerzen.

— Ein solcher erst recht.

Müller war nicht unbeeindruckt: er verzieh ihr beinahe, dass sie Beedies rauchte.

— Und gestern vor acht Tagen?

— Nach dieser Message ist er gleich wieder abgehauen.

— Und gestern?

— Da kam er eben wieder angebohrt.

— Aber Lotte wollte nichts von ihm wissen?

— Das hab ich nicht gesagt. Sie zündete wieder eine dieser ekelhaften Beedies an. Nicht zu fassen, dass man sich über den Wohlgeruch einer Toscanelli beschweren konnte. Ursula stand rauchend vor ihm, die Haare stark brillantiert und nach hinten gekämmt, die Lippen violett geschminkt. Die gelbe Lederhose war oben zu weit und unten zu eng. Auf dem engen T-Shirt stand zu lesen: TOTAL ABGEFAULT. Sie inhalierte tief. Nein nein, fuhr sie fort, eigentlich wollte sie schon auf die Jacht. Aber nur bis halb acht. Um acht Uhr war sie nämlich verabredet.

— Aha. Und mit wem?

— Nun — —

— Sie sind doch ihre beste Freundin!

— Wer sagt das?

— Frau Gilly.

— Ach, die hat doch ein Ei am Wandern. Müller runzelte die Stirn. Dann, als er begriff, fand er den Spruch gut. Sie müssten aber wissen, mit wem Lotte verabredet war!

— Weiss ich aber nicht.

— Haben Sie Telefon?

— Oben neben der Kasse hat's ein Rohr.

— Gut. Vielleicht fällt es Ihnen unterdessen ein.

— Da bin ich nicht so sicher.

Der Bubi oben, wo es wundervoll nach Hasch duftete, wirkte unheimlich nervös. Müller, telefonierend, gab Order, den Besitzer der Jacht nach der Zertifikationsnummer festzustellen: er rufe zurück. Dann grinste er den Bubi an, was diesen noch mehr verunsicherte. Die Wendeltreppe, eine Metallkonstruktion, erbebte unter den hundertvier Kilo: sie dröhnte geradezu.

Johnnie fehlte beim Frühstück. Peter erkundigte sich bei seinem Tischnachbarn Samuel, der ein radikaler Ökofreak war und Landschaftsgärtner werden wollte, wo denn Johnnie sei: er habe ihm noch eine Abreibung zu verabfolgen. Sami blickte sanft mit seinen Kuhaugen und fletscherte das Müsli pro Happen à 40 Kaubewegungen gemäss den Anweisungen des Dr. Horace Fletcher, auf dessen Soziologie er schwörte. Gründliches Kauen führe zu einer Verringerung des Nahrungsbedürfnisses, predigte er allenthalben. Peter musste 27 enervierende Bisse lang warten, bis Sami sagte: Johnnie? Na hör mal! Wo lebst du denn? Der hat sich doch gestern abend mit drei Greisen verabschiedet. Warst du nicht da? Ausgang, he? Extrawürste? Dir würde vegetarische Nahrung auch nicht schlecht tun.

Peter schluckte wieder einmal leer. Einige der Abgänger blieben nicht bis zum offiziellen Schulschluss. Der Löffel vor dem Mund Samis, der, bevor er ihn reinschob, fragte: Wo bist du denn gestern abend *wirklich* gewesen? zitterte kaum merklich.

— Bei meiner Mutter. Im Spital. Schon die Woche zuvor. Zum Glück konnte oder wollte Sami nichts sagen. Es dauerte fast eine Minute, bis er den Schrot zermalmt hatte und das Müsli noch müsliger geworden war.

– Hat er denn hier geschlafen? Nach guter Weile Sami: Weiss ich das? Bin ich vielleicht Hellseher? Weiss ich, wo Johnnie sich rumtreibt? Er behauptet, dass sein Stiefvater nur Menschenfleisch isst und Muttermilch von schwarzen Ammen trinkt. Glaubst du das?

Kuhn, die Pfeife im Mund, schritt durch den Saal, den Duft von *Early Morning Pipe* verbreitend. Sein zerknittertes Gesicht wie gefrorene Häme, die Mundwinkel, als möchte er aus Verachtung seine gesamte ihm verhasste Lehrerschaft bepinkeln, tief nach unten gezogen. Ein abgrundtiefer Spott, der von den Resten seiner Resignation zehrte. Die Nase, ein Fremdkörper, schräg im Gesicht. Er wünschte gleich einem Bauchredner allerseits guten Morgen: niemand wusste, woher die Stimme kam; ein allgemein anerkanntes Kunststück. Wir sehen uns nach der Chorprobe, knurrte er zu Peter und ging krummbeinig weiter, wobei er die Lehrer völlig ignorierte.

Johnnie, während die Jungen frühstückten, musste nicht lange suchen. Er kauerte vor Gabriels Schrank. Sein weissblondes Haar samtweich, die Gesichtszüge von erschreckender Schönheit.

– Professor Doktor Bolla? Aha. Und die Adresse?

Müller notierte mit einem Stummelstift. Er verliess die Telefonkabine an der Seestrasse. Gabriel hatte also offenbar die Jacht Bollas benützt. Wenn überhaupt. Ursula war wohl kaum zu trauen. Müller dachte beim langsamen Gehen, er wölbte den Bauch ohne Hemmung vor, an seine Bernerzeit zurück. Er lebte nun, seit dem Fall Bettina Büttikofer, sechzehn Jahre hier, das Klima war besser. Und das Gehalt. Nur der Rang war gleich geblieben.

Die Schüler standen zum Chor gruppiert. Acht Knaben sangen noch Sopran, die anderen mit gebrochener Stimme. Peter brummte Bass. Obwohl Chorsingen freiwillig war, wurde es von allen besucht, die nicht gänzlich unmusikalisch waren.

Kuhn sass allein in der Aula. Zuhinterst. Am Samstag sollte Gabriel hier das Klarinettenkonzert spielen. Kuhn beobachtete ihn. Gabriel schien mit Hingebung zu singen; doch Kuhn täuschte sich. Er schloss die Augen. Als er sie wieder öffnete, sah er, wie ihn Peter über das Notenheft hinweg anschaute. Möglich, dass er ins Unbestimmte blickte. Ein Jubeln jetzt im Gloria der Missa super Dixit Maria von Hans Leo Hassler, einem Nürnberger Meister aus dem frühen 17. Jahrhundert.

In Peter, als er sang, stiegen Bilder hoch. Er konnte sich nicht dagegen wehren. Er bewegte einige Takte nur die Lippen, sah sich in die Soundbox eintreten. Er fragte Ursula, ob Lotte noch da sei; denn er konnte sie nirgends sehen. Sie sei nur eben mal ausgetreten. Dann kam sie und sagte sofort, sie habe nur bis halb acht Zeit. Eine Stunde, immerhin eine Stunde, tröstete sich Peter. Bis zur Jacht waren nur fünf Minuten zu gehen.

Amen Amen Amen. Der Dirigent ging subito zum Credo über. Credo in unum Deum. Bei der Post sagte sie, das Fach leeren zu müssen. Peter wunderte sich. Doch er fragte nichts. Lotte suchte den Schlüssel in der Tasche. Dann sagte sie, das habe Zeit bis morgen und lachte. Sie gingen weiter. Peter wagte nicht, Lotte den Arm um die Hüfte zu legen. Dort oben wohne sie, sagte Lotte und zeigte zum dritten Stock eines alten Hauses empor. Einige Schritte weiter sah Peter eine Yamaha SR 500. Ein giftiger Ofen, sagte er.

– Kannst du denn brettern?

– Logo. Das hab ich in der Normandie gelernt. Mein Alter hat's erlaubt.

– Der hat wohl Geld? Ohne Geld läuft nichts. Ich kenne einen Mann, einen Jungen, der ist auch reich. Der spricht nicht so wie du. Ist aber mächtig auf Draht! Peter bekämpfte die Eifersucht.

Draussen auf dem See zog sich Peter bis auf die Badehose aus. Er lag auf dem Bauch. Lotte sagte, sie habe kein Badezeug dabei.

– Sei doch keine Betschwester.

– Ich kann mich doch nicht vor jedem Stecker ausziehen. Geht's eigentlich noch? Kehr zurück, also wirklich.

Peter riss die Augen auf, und er wusste gar

nicht, dass er Kuhn anstarrte. Eigentlich könnte ich dich erwürgen, flüsterte Peter und legte Lotte die Hände um den Hals.

Das Abklopfen des Dirigenten energisch. Sie dort, ja, Sie! Mitten in die Pause reinzufallen! Achten Sie gefälligst auf mich. Sie haben wohl noch nicht gefrühstückt, was? Also, meine Herren, da capo. Darf ich bitten.

Müller bückte sich nach einem entzweigerissenen Streichholzbriefchen. Darauf eine Zahlenreihe. Sicher eine Telefonnummer. Er steckte das Briefchen ein. Eigentlich suchte er, obwohl ihn der Diebstahl des Motorrades Ecke Seestrasse/Kreuzweg nichts anging, einen Schraubenzieher. Oder eine Ahle. Oder einen ähnlichen Gegenstand. Falls er jetzt bei der Post nachfragte, von wem das Fach gemietet worden war, konnte er aufs Geratewohl die Nummer 23 13 33 einstellen. Irgend jemand würde sich wahrscheinlich schon melden. Oder er konnte den Abonnenten über die Auskunft feststellen. Er betrachtete die Nummer genauer. Keine Kinderschrift. Flüchtige, dünne Ziffern. Und mit Tinte geschrieben. Mit grüner Tinte. Die Rückseite des Briefchens machte Reklame für die intime Kontiki-Bar: Treff für rauhe Seebären, die mal Molliges mögen. Und klein gedruckt: Zutritt für Jugendliche unter achtzehn Jahren verboten.

Der Morgen war strahlend und heiss geworden. Müller kratzte sich im eisgrauen Haarkranz. Über dem rechten Ohr juckte eine bestimmte Stelle. Ein Stich womöglich. Ihm fielen die Ferien ein. Zwar konnte er keine mehr beziehen: im September würde er in Pension gehen. Warum die Rente nicht auf Gran Canaria antreten? Er brauchte ja keine Bermudas zu tragen, dachte er und blickte hoch. Tatsächlich, Frau Gilly lehnte aus dem Fenster, als hielte sie nach Lotte Ausschau. Ihr Mann arbeitete bei der Eisenbahn. Unregelmässiger Dienst. Deshalb heute Samstag nicht zu Hause. Depot. Und erst noch eine schlaflose Nacht. Wird nicht die letzte sein, dachte Müller und machte, dass er weiter kam, damit ihn die Redselige nicht entdeckte. Wie hatte doch Ursula gesagt? Die hat ja ein Ei am Wandern. Muss ich mir merken, murmelte er und schniefte.

Bei der Post rief er die Nummer an, die auf dem Briefchen stand. Nicht unbedingt der Dienstweg. Eine mürrische Männerstimme: er habe nun schon siebentausendachthundert Mal gesagt, aber wirklich zehntausendmal, sie solle ihn nicht zu nachtschlafener Zeit, gottverdammt im Dreivierteltakt, anrufen! Ob sie sich das nicht merken könne, zum Teufel? Er habe gestern *Die Macht des Schicksals* gespielt. Bei dieser Hitze Verdi: er, als Wagnerianer. Bist du noch da?

– Nein, sagte Müller. Er hörte, wie der Atem des Schimpfenden, der lallend gesprochen hatte, stockte. Und dann schroff: Hier Berger. Müller spitzte den Mund vor Vergnügen. Und wie aus der

44

Spraydose: Kann ich Gabriel sprechen?

— Er hat erst nächste Woche Ferien. Rufen Sie wegen des Abschlusskonzertes an?

— Ja. Müller schwitzte. Er passte nun mächtig auf.

— Sind Sie Briner von der NZZ?

— Nein nein. Müller.

— Ach ja? Aber doch nicht etwa vom Blick, oder? Ich mag das nämlich nicht, wenn man meinen Sohn als Wunderkind verkauft. Trotzdem: eine phänomenale Begabung für die Klarinette. Ich selber bin erster Klarinettist am Stadtorchester. Eine reine Übergangslösung. Also nicht einmal vom Blick?

— Nein. Ich schreibe für den Wiener-Kurier.

— Ach so? Wien? Wien, sagen Sie? Aber das ist ja grossartig. Wenn ich an Wien denke. In Wien feierte ich Triumphe mit Karajan. Und Mozart: stellen Sie sich vor — eines seiner letzten Werke, das Klarinettenkonzert. Wollen Sie zu mir zum Frühschoppen kommen? Ich kann Ihnen ein Foto Gabriels geben. Ein sehr schönes Bild für die Presse. Der blasende Gabriel.

— Nein danke, ich bin bedient.

— Wie meinen Sie das?

— Ich bringe einen eigenen Fotografen. Wann und wo findet dieses Abschlusskonzert statt?

— Nächsten Samstag um 17 Uhr im Aulapavillon des Knabeninternats Höhe bei Hohendorf. Ein Jugendstilschloss, Sie können es unmöglich verfehlen.

– Und biografische Angaben? Haben Sie noch einige biografische Angaben?

– Aber ja doch! Geboren am 24. Dezember 1968, ein Weihnachtskind. Herr Berger schluchzte auf. Müller hatte den Verdacht, der Mann sei stockbetrunken. Jedenfalls gluckerte es, als tränke er aus einer Flasche. Unterdessen hatte Müller das Polaroidfoto auf den Automaten gelegt. Fast schläfrig fragte er: Hat Gabriel zufälligerweise schwarze Haare?

– Aber wo denken Sie hin! Blond ist er, niedlich und blond. Eine sehr lustige Frisur. Eine Art Pagenschnitt, fast bis zu den Brauen. Aber hinten fein ordentlich geschoren, verstehen Sie: fein ordentlich. Müllers Zähne knirschten. Wie hiess bloss dieser Professor? Koella? Koller? Bolli? Bolla. Natürlich.

– Sind Sie noch da?

– Ja ja. Ich mache nur Notizen. Hoffentlich reicht das Kleingeld. Müller kämpfte mit Münzen, dem Foto, dem Notizbuch und dem Hörer. Sein dicker Zeigefinger blätterte. Richtig. Bolla. Er fragte: Hat Ihr Sohn zufälligerweise einen Freund?

– Aber ja doch, wenngleich unmusikalisch. Peter Bolla. Eine Koryphäe. Eine Kapatschität. Er hatte den Zungenschlag. Ich meine natürlich nicht Peter Bolla. Entschuldigen Sie: was habe ich eben gesagt? Sein Vater natürlich. Ein Gynäkologe. Aus bestem Haus. Ich meine: Peter ist aus bestem Haus.

– Aha. Nun denn, Herr Berger – –

– Kommen Sie doch auf ein Glas.

– Später. Müller hängte ein. Das Retourgeld rasselte zurück. Er vergass, die Münzen aus der Schale zu klauben. Jetzt war er ganz Jagdhund. Das lief wie im Märchen. Im Postamt ging er gleich durch den Diensteingang und schnauzte eine aufbegehrende Lehrtochter an, den Chef sprechen zu wollen und zückte die Dienstmarke. Er trommelte nervös auf den Schreibtisch, während der Posthalter unerschütterlich ein Verzeichnis durchging. Müller riss plötzlich das Telefonbuch an sich, blätterte, wählte die Nummer der Hohendorfer Polizei und sagte dem Postenchef, man müsse im Internat Höhe die zwei Schüler Gabriel Berger und Peter Bolla festhalten: er rufe in einer halben Stunde zurück. Er frass die Toscanelli fast auf, als er ins Internat anrief: Guten Tag, hier spricht der automatische Telefonbeantworter des Internats Höhe bei Hohendorf. Während des samstäglichen Chorsingens zwischen neun und zehn Uhr ist unser Apparat unbedient – – Müller warf den Hörer auf den Apparat. Der Posthalter legte ihm das Ergebnis vor.

– Doch doch, das ist der Inhaber, sagte Herr Guntern, unüberhörbar Walliser, was Müller ohnehin auf die Nerven ging. Eine Firma offenbar. Er wurde nicht klug daraus: N. O. Bodi GmbH, las er. Auch Herr Guntern konnte nicht feststellen, wo diese GmbH domiziliert war.

Draussen fühlte sich Müller wie gerupft. Nun schwitzte er doch unter den Hosenträgern. Es kam ihm plötzlich vor, alles entgleite ihm. Etwas fehlte in der Kette. Ein Glied. Er schaute auf die Uhr. Viertel vor zehn.

Agnus Dei, qui tollis peccata mundi, miserere nobis. Dona nobis pacem. Der Dirigent war zufrieden. Kuhn will mich tatsächlich sprechen, sagte Peter im Park. Gabriel gab keine Antwort. Er sah verängstigt aus. Bist du mir böse? fragte Peter. Gabriel sagte beinahe trotzig: Ich würde es wieder tun.

Ein Auto knirschte über den Kiesweg an den beiden vorbei, und Peter erkannte den Dorfpolizisten. Er wurde weiss. Ich haue ab, flüsterte er, ich haue ab! So wart doch, rief ihm Gabriel nach; aber Peter, schon im Gebüsch, nur sein Kopf war noch zu sehen, schaute nicht zurück. Er lief zum Motorrad. Es war verschwunden. Er schaute sich unsicher um, weil er meinte, sich im Ort getäuscht zu haben. Doch die Spuren zeigten, dass die Yamaha hier gelegen hatte.

Prof. Dr. med. Paul Bolla hielt das gekappte Tau in der Hand, knüpfte es aber nicht los, weil er einen dicken Mann bemerkte, der, die Daumen in die Hosenträger gehakt, eine Toscanelli von einem Mundwinkel in den andern wandern liess und ungeniert, beinahe herausfordernd zu ihm hinüber schaute. Bolla mass 1,87 und trug eine eierschalenfarbene zerknitterte Leinenhose und eine rote Lederweste auf nacktem Oberkörper. Die Brust, bronzen, war stark behaart. Das hagere Gesicht tief gebräunt. Wollen Sie mich verhaften? schnauzte Bolla plötzlich.

– Noch nicht. Der dicke Mann grinste gemütlich. Er dachte gar nicht daran, weiterzugehen. Bolla winkte unwirsch ab, ganz so, als sagte er zu der Gebärde: Ach, lecken Sie mich doch am Arsch.

– Heisst nun eigentlich die Jacht *Narzisse* oder *Narziss*? Ich glaube, das E ist verlorengegangen. Sie muss wohl früher Narzisse geheissen haben? Selten, dass sich die Narzisse in Narziss verwandelt.

– Sie sind immer noch da?

– Das ist wohl nicht zu übersehen. Oder stehe ich auf Privatgrund? Erst jetzt bekam Bolla Musikgehör. Er zog die Lippen auseinander und zeigte makellos weisse Zähne. Es sah wie ein amerikanisches Lächeln aus.

– Ist sie hochseetüchtig?

– Das nun gerade nicht, sagte Bolla mit einer Freundlichkeit, die wie ein Skalpell ins Bauchfell schnitt.

– Sieht wie gekappt aus, sagte Müller fröhlich und wies mit dem feuchten Teil der Toscanelli aufs Tau. Und: wie kappt man sowas? Mit einer Axt?

– Ich habe noch nie ein Tau gekappt, sagte Bolla etwas zu schnell. Sein schwarzes Haar an den Schläfen grau meliert.

– Ach so, ich dachte, Sie seien der Besitzer.

Bolla überhörte die Bemerkung und ging achtern zum Bug. Von dort aus verschwand er in der Kajüte. Keine Angst, Gottlob, murmelte Müller, der ist viel zu verängstigt: das Vögelchen fliegt zurück. Er setzte sich auf die Bank und sah friedlich wie ein Rentner aus. Und so blinzelte er verschlafen in die Gegend. Von der Jacht aus konnte man bestimmt telefonieren. Müller fiel ein, dass er das Kleingeld in der Kabine vergessen hatte.

– He, rief Müller und winkte zwei etwa zehnjährige Strizzi herbei. Er bot ihnen je einen Franken an, wenn sie mal wie die wilden Affen über den Bootssteg rennen würden und dann Reissaus nähmen. Das müsse vorher bezahlt werden, gab der Klügere zu bedenken. Logo, sagte Müller. Hier hat jeder einen Fränkler, und er händigte das Geld aus. Das sei aber verboten, sagte der Dümmere: dort stehe es geschrieben: Privat, kein Zugang. Er sei Polizist, sagte Müller, das mache gar nichts. Sie sind gar kein Polizist, sagte der Dümmere.

– Wieso?

– Weil Polizisten sehen aus wie Schläger.

– Ach wo, sagte der Klügere, hast du noch nie vom Wolf im Schafspelz gehört? Müller sah ein wenig betroffen aus. Also los, macht schon, bellte er, und die Knaben tollten über den Bootssteg. Müller ihnen nach: Saugofen, schrie er, macht, dass ihr da sofort runterkommt, aber augenblicklich, sonst knallt's! Könnt ihr denn nicht lesen? Kein Zugang! Er versperrte ihnen den Weg. Der Klügere entfloh. Der Dümmere wurde sanft am Ohr gezwirbelt, wiewohl Müller nach Bolla brüllte: Holla, gehört der Bengel zu Ihnen? Der Arzt kam zum Vorschein. Er trug nun ein indisches Hemd und eine Lederjacke, in deren Reverstasche ein Füller stak. Hinter der Pilotenbrille konnte man seine Augen nicht mehr sehen.

– Mein Gott, hab ich mich aufgeregt, keuchte Müller und umklammerte das Fallreep, mein Herz, wissen Sie – und stieg schon empor. An Bord schnaufte er und machte tatsächlich einen etwas apoplektischen Eindruck.

– Sie rauchen zuviel, sagte Bolla entschieden und sah nicht im geringsten besorgt aus.

– Ich dachte, sie fallen ins Wasser. Ich habe nämlich das Lebensrettungsabzeichen. Wollen Sie es sehen?

– Nein danke. Ich glaube, ich muss Sie leider bitten, von Bord zu gehen, weil ich losmachen und auslaufen möchte.

– Ein Minute nur, bis sich mein Herz beruhigt hat. Seine Augen suchten den Boden ab. Er bückte sich nach einem Streichholzbriefchen, dessen Deckel abgerissen war.

– Sie sollten sich in Ihrem Zustand nicht bücken. Müller hatte das Briefchen schon eingesteckt, als er obenhin sagte: Sie erlauben doch. Bolla zuckte die Achseln. Zwei Ulcusfalten liefen tief und gerade von den Nasenflügeln in die Mundwinkel.

– So eine Jacht kann auch gestohlen werden, oder?

– Das wurde sie bis jetzt aber nicht. Schon was von Zündschlüsseln gehört?

– Aber sicher. Auch von Reservezündschlüsseln.

– Ich glaube, es geht Ihnen bedeutend besser. Trotzdem wäre mir lieber, Sie erlitten einen Kollaps nicht an Bord meines Schiffes, wo ich, sozusagen auf eigenem Hoheitsgebiet, als Kapitän Polizeigewalt habe.

– So schnell kollabiere ich nun auch wieder nicht.

– Das sagen Sie so. Darf ich also bitten?

– Aber gern. Entschuldigen Sie vielmals. Ich hoffe nicht, dass ich Ihnen Ungelegenheiten gemacht habe. Nur wegen dieser Knaben. Eine Erziehung haben die heutzutage. Und Dank auch für die Streichhölzer. Ich werde mir ein Feuerzeug anschaffen müssen. Haben Sie auch Kinder?

– Was tut das hier zur Sache?

– Nur so. Ich habe nämlich Grosskinder. Mein Enkel besucht das Internat Höhe bei Hohendorf. Eine berühmte Schule. Müller stand schon auf dem Fallreep. Kennen Sie das Internat?

– Ich glaube kaum. Auf Wiedersehen.

– Auf Wiedersehen. Und nichts für ungut. Übrigens: Müller mein Name.

– Erfreut.

– Darf ich Ihnen meine Adresse geben? Er nahm das Foto heraus, legte es mit dem Bild nach unten auf die Reling und bat mit breitester Jovialität um den Füller: er habe nie etwas zum Schreiben bei sich. Bolla reichte ihm den Füller. Müller schrieb Müller, den Vornamen kürzte er ab. Er genoss das Schreiben; denn die Tinte war grün. Er übergab Füller und Foto Bolla, dessen Gesicht plötzlich grau wurde. Die Sonnenbräune liess keine hellere Färbung zu.

— Auf Wiedersehen, rief Müller fröhlich und stampfte über den Bootssteg, der beträchtlich ins Wanken kam. Er musste noch Rätsel lösen, das Rätsel der Firma N. O. Bodi GmbH. Er überhörte hartherzig das schneidende Hallo von Bolla und ging wieder zielstrebig und mit der Behendigkeit des Dicken auf die Telefonkabine zu, wo er das Kleingeld im Münzrückgeber noch vorfand.

Er ging der Motorradspur nach, die sich im Feldweg verlor. Hier durfte er nicht gehen. Er lief über eine Wiese, deren Gras wieder hochstand, obwohl unlängst gemäht worden war. Hinter dem Wald, der steil abfiel, eine Strasse, die zur Autobahn führte.

Peter überlegte, wie er zu Geld kommen konnte. Er sass unter einer Buche. Ein Bankraub entfiel. Er verwarf den Gedanken, Passanten zu überfallen.

Er kletterte die Waldböschung hinunter. Der Knöchel schmerzte. Er sah drei Rehe. Sie schauten ihn einige Sekunden unbeweglich an. Dann flüchteten sie mit hohen Sprüngen. Irgendwie musste er den Knöchel einbinden. Er hinkte. Ihm war leer im Kopf. Dann gab er sich auf und dachte an die Mutter. Möglich, dass sie ihm helfen würde. Er biss auf die Zähne; dass sein Vater mit Lotte auf der Jacht gewesen war, würde er ihm nie verzeihen.

– Komfortabel haben Sie es hier, sagte Müller und zog den Bauch etwas ein. Das dunkelrote Holz, er dachte an England, und das blankpolierte Kupfer überall, das weich und kaum metallisch aussah, beeindruckten ihn; aber er fand, er sässe entschieden unbequem.

– Was Sie getan haben, ist ungesetzlich.

– Ich habe nur zwei Lausejungen gemassregelt, gab Müller zurück. Bolla sass ihm lässig gegenüber, ein Mann von Welt, fand Müller, der immer noch schwitzte unter den Hosenträgern. Es war heiss in der Kajüte. Er hätte nichts dagegen gehabt, über den See zu fahren: besonders, wenn er hinter dem Steuer gestanden hätte. Ein Passagierschiff war vorbeigeschwommen, die Jacht schaukelte schön. Ein Gefühl der Geborgenheit. Es roch angenehm nach Luxus. Die Strassengeräusche waren fast bis zur Unhörbarkeit gedämpft.

– Zugegebenermassen Ihre Schrift. Grüne Tinte. Ziemlich auffallend. Die zwei Teile des Streichholzbriefchens passen zusammen. Das Symbol. Oder? Das bedeutet doch das Zusammengeworfene: die beiden Hälften eines Auseinandergebrochenen, aber wesensmässig zusammengehörend.

Ja? Müller hatte kehlig gesprochen. Seine gelblich-
braunen Augen schläfrig. Bolla legte ein Bein übers
andere und sagte, ohne zu zeigen, dass er beein-
druckt war: Ich habe das Briefchen nicht zerrissen.

– Das sind Details. Aber Sie waren mit Lotte in
der Kontiki-Bar?

– Wie kommen Sie denn darauf?

Müller ging nicht auf die Frage ein. Sie ist verschwunden, sagte er. Spurlos. Das muss man feststellen. Leider. Würden Sie mir das Foto zurückgeben? Bolla, das Foto zurückgebend, lächelte nicht
mehr. Schön, sagte Müller: die Jacht muss gestern
abend dreimal benutzt worden sein. Von 18.35 bis
19.30, und danach bis etwa 22 Uhr. Und abermals
bis Mitternacht. Lotte hat Ihnen also gesagt, dass
sie mit einem Gabriel Berger an Bord gewesen sei?
Gut. Sie haben die Nummer Bergers notiert. Haben Sie ihn erreicht?

– Ich habe mit dem Verschwinden Lottes
nichts zu tun.

– Warum sagen Sie das?

Bolla schien es nicht gewohnt zu sein, dass man
ihm Fragen stellte. Seine Überheblichkeit wirkte
wie ein Besetztzeichen.

– Ist Lotte eine Patientin?

– Ja. Aber das ist das äusserste, was ich in diesem Zusammenhang aussagen kann.

– Ich habe Sie gefragt, ob Sie Berger erreichten.

– Nein.

– Sie riefen von der Kontiki-Bar aus an? Oder

von der Jacht?

Bolla schien zu überlegen, ob er lügen sollte. Dann sagte er: Von der Kontiki-Bar aus.

– Zutritt für Jugendliche unter achtzehn Jahren verboten. Lotte war doch dabei?

– Ein Reklametrick.

– Nochmals: das Schlepptau war nicht gekappt?

– Nein.

– Wann haben Sie Berger angerufen?

– Um halb zehn.

– Nicht zu Hause?

– Niemand.

– Auch Verdi-Opern dauern ewig. Die Macht des Schicksals. Herr Berger ist Klarinettist. Aber das wissen Sie wohl besser als ich. Warum hat sich Ihr Sohn Gabriel genannt?

– Wie soll ich das wissen?

– Wie erklären Sie es sich? Kann es sein, dass Peter so sein möchte wie Gabriel? Sie scheinen sich zu mögen. Müller lachte nicht. Er zeigte auf das Telefon: Darf ich mal? Jetzt erreichte er Kuhn persönlich. Nein, Peter sei getürmt, sagte Kuhn. Müller unterdrückte einen Fluch.

Heinrich Kuhn lehnte sich niemals zurück. Er sass immer vorgebeugt, Ausbund der Konzentration. Die Mundwinkel nach unten gezogen, Spott im Gesicht, eine endgültige Verachtung. Die Pfeife im Mund organisch, ein Walross, das seines zweiten

Zahnes verlustig gegangen war. Rauch der Atem. Man vermutete, Kuhn schlafe mit Pfeife.

Gabriel ein zartes Nichts vor ihm, unpassend wie Korkenstücke im Weinglas. Vor Kuhn lagen *Nobody's Diary*, Briefe, die Polaroidfotos.

– Alles lag hier, knurrte er, ohne den Mund zu bewegen. Die Stimme schien von oben zu kommen. Dann wieder aus der Ecke. Nur der Rauch kam aus dem Mund.

Gabriel schämte sich entsetzlich. Er vermeinte plötzlich, Peters Samen zu schmecken. Die Augen umschattet. Kuhn sortierte die Fotos, als legte er Patience. Warum floh Peter, als er das Auto des Dorfpolizisten sah? Kuhn schien auf keine Antwort zu warten, sondern tauschte die Position einiger Fotos aus. Du musst sprechen, sagte er und war erstaunt darüber, wie Peter gebaut war. Womöglich eine optische Verzerrung, dachte er. Er klopfte energisch auf das schmale Heft. Da stehen Sachen drin, sagte er. Gabriel musste weinen. Eine Demutshaltung. Vielleicht auch schrankenloses Vertrauen.

– Nun sprich endlich. Aber Gabriel konnte nicht sprechen. Noch nicht. Gabriel musste daran denken, dass Peter gesagt hatte: „Ich hab sie erwürgt, die Beine mit T-Eisen beschwert und Lotte ans Schlepptau gehängt, das ich bei voller Fahrt voraus gekappt habe." Kaum hatte er es gedacht, sagte Kuhn (die Stimme kam unbegreiflicherweise aus dem Mund): Seit gestern nacht wird Lotte Gilly vermisst. Sie ist verschwunden. Spurlos.

Gabriels Weinen versiegte. Er hörte Kuhn wie von weit her sagen: Das Zeug hier, alles, die Briefe, die Fotos, das Diarium: alles lag, als ich vom Chorsingen kam, auf meinem Tisch. Und er setzte ohne Glauben hinzu: Hast du es, als ich draussen mit dem Polizisten gesprochen habe, hierher gebracht? Gabriel, obwohl er das nie getan hätte, sagte, im Glauben, er schaffe Ordnung damit, ein klares, ungebrochenes Ja.

Kuhn schaute ihn betroffen an. Warum hast du das getan? Das ist doch Verrat! Beginn nicht wieder zu weinen, ich bitte dich. Und lauernd: Wann hast du die Sachen gebracht? Gabriel konnte nicht zurück. Er wusste nicht, warum er etwas so Monströses ausgesagt hatte. Vielleicht, um Unheil abzuwenden, indem er etwas auf sich nahm, um eine ungeahnte Schuld zu teilen; etwas Ungeschehenes gestehen, um keine grössere Übeltat (und sei es nur Peters Geständnis) zugeben zu müssen. Um Kuhn von Peters Mord abzulenken, sagte Gabriel fast übereifrig: Peter hat nur ein Motorrad gestohlen. Das ist alles!

– Ein Motorrad?

– Deshalb ist er abgehauen.

– Und von Lotte hat er nichts erzählt?

– Nein.

– War er wirklich bei seiner Mutter?

– So sagte er.

– Du verstehst, dass ich dir heute diese Sachen

hier nicht zurückgeben kann. Ich begreife nicht, dass du sie gebracht hast.

— Als Sie draussen mit dem Polizisten — — ich musste es tun.

— Ich kann dir nicht glauben. Hör mal zu: ich will bis spätestens nächsten Donnerstag Klarheit haben. Morgen hast du keinen Ausgang. Du musst in Zimmerarrest. Jetzt gleich.

— Ich wollte das alles nicht mehr.

Kuhn raffte die Fotos zusammen und bündelte sie wie Jasskarten, unterliess es aber, sie aufzufächern. Er knallte sie auf den Tisch. Seine Mundwinkel bedrohlich tief. Peter, sagte er, hat sich als Gabriel Berger ausgegeben. Warum?

— Er sagte, der Name sei die Sache selbst.

— Quatsch.

Ein weisser Ford hielt. Peter stieg dankbar ein. Der Wagen war klimatisiert. Der hemdsärmlige Mann rauchte eine lange Zigarillo: eine dünne und verformte: man nannte sie Krumme. Hoffentlich fragt er mich nicht aus, dachte Peter. Der Mann plauderte Unverfängliches bis in die Stadt. In der Mulde neben dem Beifahrersitz hinter der Handbremse lag eine lederne Herrenhandtasche. Durchaus möglich, dass Geld darin war. Nun schlichen sie in einer Kolonne. Er fahre ins Zentrum, sagte der Herr. Peters Herz klopfte rasend. Als der Wagen als vierter hinter einem Stoplicht hielt, nahm Peter, während die Ampel auf grün wechselte und die vorderen Autos starteten, die Tasche an sich, stieg blitzschnell aus, lief übers Trottoir, nahm eine steile Seitenstrasse, die zur Altstadt führte und eilte in einen Spielsalon, wo er sich in die Toilette einschloss. Er fand Ausweise und ein Portefeuille. In seiner Hast liess er Papiere zu Boden flattern. Ein dickes Bündel Hunderternoten, dabei mindestens drei Fünfhunderter, riss er aus der Brieftasche. Er stopfte das Geld in die rechte Tasche der Jeans, ging pfeifend hinaus, verliess den Salon und merkte draussen, dass er klatschnass war. Er zitterte wie in der Nacht zuvor am ganzen Leib. Er ging durch ein Seitengässchen und suchte eine Telefonkabine, wo er seine Mutter anrufen wollte. Dann verwarf er den Gedanken. Es war ihm klar, dass man ihn suchte. Er hatte nicht mit solchen Schwierigkeiten gerechnet und wusste nicht, wo er unterkommen sollte. Immerhin: er hatte Geld. Es war etwas wie Befriedigung in seinem Atem. Plötzlich hatte er wahnsinnig Hunger und ass in einem McDonald's einen Big Mac.

Gloor und Donnerbühl hatten ihren Dienst angetreten. Wetten, sagte Donnerbühl, dass Müller auftaucht? Der kann's nicht lassen, sag ich dir. Arbeitet rund um die Uhr. Gloor schlug vor, dass sie sich auf die Bank gegenüber dem Bootshaus setzen sollten.

— Setz dich mal. Ich rufe eben ins Spital an. Ich glaube, jetzt kommt das Kind.

– Das dauert aber, sagte Gloor. Er trug eine schwarze Nappalederjacke. Man sah ihm den Bullen von zwei Kilometer Entfernung an. Er sah Donnerbühl nach, der die Arme schlenkerte. Dann döste er beinahe ein, bis jemand auf die Bank klopfte. Er schnellte herum.

– So observierst du also, Gloor. Gratuliere. Ist der Junge schon aufgetaucht, während du geschlafen hast?

– Welcher Junge?

– Peter Bolla natürlich.

– Ist ja nicht bestellt, oder?

– Aber er wird kommen, verlass dich drauf.

Peter hatte das Geld gezählt. Drei Fünfhunderternoten. Elf Hunderter. Das war eine Menge Geld. Er wollte den Zug nach Luzern nehmen. Und dann nach Milano fahren. Von dort aus nach Venedig. Er war mit der Mutter in Venedig gewesen. Er würde Gabriel Geld schicken und ihn nachkommen lassen.

Gabriel lag auf dem Rücken. Er warf den Kopf hin und her. Es war erst sechs Uhr abends: nach der Sonne fünf Uhr. Sein Arrest hatte begonnen. Der Hausvater selbst würde das Essen auf das Zimmer bringen: es lag zuoberst unterm Dach. An ein Entkommen war nicht zu denken. Zwar konnte er das Zimmer verlassen, aber die Tür zum Haupttreppenhaus war verschlossen, die andern Türen zu den Zimmern ebenfalls. Nur Bad und Toilette waren zugänglich. Nicht einmal den Walkman hatte ihm Kuhn gelassen. Es würde stinklangweilig werden. Im Kämmerchen gab's eine Menge Bücher. Reiseliteratur vor allem. Vielleicht würde Peter ein Zeichen geben. Oder ihn befreien. Für Peter würde er alles tun, einfach alles.

Peter, bevor er zum Bahnhof ging, wollte noch einen Blick auf die Jacht werfen. Die Seestrasse war belebt. Überall gingen Leute. Ihm fiel ein, dass er 24 Stunden zuvor mit Lotte denselben Weg gegangen war, als ihm zwei Männer mit schwarzen Lederjacken entgegenkamen, ihn packten und ihm die Arme auf den Rücken drehten, so dass seine Füsse in Adidas-Turnschuhen im Leeren zappelten. Ein Mann, gemütlich, dicker Bauch, grauer Haarkranz, grosse Glatze, eine Toscanelli zwischen den Lippen, trat auf ihn zu, klopfte ihm kameradschaftlich auf die Schulter und sagte grinsend: Dann wollen wir mal.

Das Jugendgefängnis, eine Art Aufnahmestation, hatte nur wenige Zimmer, die alle mit Windnamen bezeichnet waren. Peter ging in der Zelle Hurrikan, die zwischen Zephyr und Schirokko lag, wie ein Zootier hin und her. Manchmal gab er der Scheissschüssel, die ohne Brille und Deckel entwürdigend aussah, einen Tritt. Das Drahtbett war nicht heruntergeklappt. Er schlug sich an den

Kopf. An den Haaren zu zerren, gab er auf, es schmerzte zu sehr. Man hatte ihm alles abgenommen. Die Identitätkarte, das Geld, einen Kamm, den Reserveschlüssel zur Jacht. Er hatte keine Antwort gegeben, als man ihn nach der Herkunft des Geldes fragte. Kein Wort hatte er gesprochen; und er würde mit Bestimmtheit kein einziges Wort sprechen. Dann versuchte er's mit Gedankenübertragung: er hatte einmal in einer Trilogie darüber gelesen. So wollte er Gabriel übermitteln, dass er *Nobody's Diary*, die Briefe und die Fotos vernichten musste. Er stellte sich das immer wieder vor: es würde bei genügender Visualisation schon nützen; denn ein Gedanke, hatte er im selben Buch gelesen, hat nur so viel Kraft wie die Wirkung, die er auslöst.

Gabriel hatte sich befriedigt und war danach eingeschlafen. Es war noch nicht dunkel. Er träumte wirr: sah die Klarinette auf dem Boden seiner väterlichen Wohnung liegen. Die Klarinette war rot befleckt, und Peter rüttelte an einem vergitterten Fenster.

Peter lag auf der Pritsche. Er hatte das Nachtessen, das ein Wärter brachte, unberührt gelassen. Es stand auf dem Holztisch, der in die Wand eingemauert war. Auch den Hocker konnte man nicht bewegen. Er stak im Boden. Nun wurde der Schlüssel gedreht. Der Wärter trat ein. Ein farbloser junger Mann mit unruhigen braunen Augen. Er bewegte sich etwas affektiert: vielleicht, weil er das rechte Bein, das etwas kürzer war als das andere, das dafür länger war, nachzog. Oh, sagte er beinahe theatralisch, der böse Bube hat nichts gegessen? So was. Da fallen wir ja ganz vom Fleisch. Dabei schmeckt der Spatz toll, ich habe ihn selbst gegessen. Wie haben wir's denn? Extrawurst, was? Er setzte sich aufs Bett. Peter war verblüfft. Warum setzte sich der Kerl wie ein Arzt auf Hausvisite aufs Bett? Ist alles halb so schlimm, sagte der Wärter. Übrigens: mein Name ist Schertenleib. Und du bist Peter. Alles halb so schlimm. Am Montag bist du wieder draussen. Dann kannst du zu den Eltern.

— Mein Vater, sagte Peter einem Impuls folgend, verdient hunderttausend im Monat.

— Ja ja die Frauenärzte, sagte Schertenleib. Offenbar war er informiert. Etwas einsam hier, fuhr er fort, zur Zeit sind wir nicht belegt. Morgen können wir zusammen Schach spielen. Spielst du Schach?

— Ich bin Jugendmeister. Schertenleib kicherte nervös.

— Ganz schön heavy hier, sagte Peter: aber eigentlich ziehen Sie mich hoch, echt. Ich dachte schon, Sie holzen, weil ich nichts gegessen habe.

— Wir können's auch easy haben, sagte Schertenleib und tätschelte Peters Oberschenkel. Peter war sofort auf Draht; aber Schertenleib ging schon graziös hinkend zum unbeweglichen Tischlein und

nahm das Tablett. Also morgen zur Schachwelt-
meisterschaft, sagte er und lächelte. Er hatte sehr
kleine und gelbliche Zähne.

Jugendanwalt Brandtburgers Zofingermundart
war unüberhörbar. Er sprach schnell und konzen-
triert. Unbegreiflich, sagte er zu Bolla, dass Peter
einfach nicht sprechen will. Ich war gestern bei ihm
im Heim.

– Im Gefängnis, wollen Sie sagen.

– Waren Sie dort?

– Nein. Er kommt ja heute zu uns. Die Mauer
soll doch sechs Meter hoch sein?

– Das hat nichts zu bedeuten.

– Er hat also geschwiegen? Das ist seine Art.

– Ja. Überhaupt kein Wort gesprochen.

– Meine Zeit ist knapp. Sie verstehen. Ich muss
um zehn in der Praxis sein. Wer bringt Peter überhaupt zu uns?

– Eine Assistentin. Ich verlasse mich darauf,
dass Sie jetzt mit ihm sprechen. Brandtburger
wusste nicht, dass Bolla einen Armani-Anzug trug.
Er sagte sachlich: Mir wurden am Samstag abend
diese Sachen hier gebracht. Mit den Fotos will ich
Sie nicht belästigen. Ein harmloses Pubertätsspiel.
Trotzdem: ich habe die Aufnahmen studiert. Ich
weiss nicht recht: aber bei Peter scheint's nicht *nur*
ein Spiel zu sein. Auffallend, dass Peter kaum ins
Objektiv guckt. Nun ja. Sie verstehen. Er machte
eine Pause.

Bolla reagierte nicht auf die Vermutungen. Wirklich kein Lebenszeichen von Lotte? fragte er.

– Nein. Sie ist nun den dritten Tag verschwunden. Ich kann nur hoffen, dass Peter jetzt spricht. Doch etwas anderes: ich begreife nicht, weshalb Sie Lotte auf die Jacht genommen haben. Eine Patientin, sagen Sie?

– Ich bitte Sie, der Sache keine Bedeutung beizumessen.

– Sie müssen doch bemerkt haben, dass die Jacht vor Ihnen benützt worden war.

– Das ist ohne Bedeutung.

– Wie bitte?

– Lotte sagte, bevor wir an Bord gingen, sie sei schon auf der Jacht gewesen.

– Und das hat Sie unbeeindruckt gelassen?

– Ich war etwas irritiert. Wegen des Namens. Ich habe aber vermutet, dass sich Peter aus Jux und Tollerei Gabriel genannt hat. Das Signalement hat mir das bestätigt. Ich habe trotzdem versucht, Herrn Berger zu telefonieren. Aber bitte. Peter versteht sich auf die Jacht. Ich hatte keinen Grund zur Beunruhigung.

– Sehr grosszügig. In Brandtburger kam Wut hoch. Man hat auf Peter zweitausendfünfhundert Franken gefunden. Leider ein Offizialdelikt. Raub. Professor Riesenhuber, ein Historiker, Ihnen, wie er sagt, bekannt, er will mit Ihnen kontaktieren, deshalb nenne ich den Namen, hat zwar die Strafanzeige zurückgezogen, als er erfahren hatte, um wen es sich handelt. Seine Ausweise sind in einem Spielsalon, kaum hundert Meter vom Tatort entfernt, gefunden worden. Peter hat aber auch ein Motorrad entwendet.

– Aber er hat doch alles! Der Einwurf, sah Bolla ein, war ziemlich flach und sprach gegen ihn. Er räumte ein, Peter müsse irgendwie verzweifelt sein: eine Krise. Damit war alles und nichts gesagt.

– Ihre Frau ist leidend?

– In höchstem Mass. Aussichtslos. Peter kann nicht in ihrer Gegenwart sein.

– Das sagen Sie.

– Wie beliebt?

– Im Tagebuch steht noch unter jüngstem Datum eine ganz andere Aussage. *Nobody's Diary*: ein dünnes Heft, wie Sie sehen. Die Überschrift bezieht sich offenbar auf einen Song. Brandtburger las vor: Warum lässt mich der Alte nicht zu meiner Mutter? Ich könnte sie heilen. Ich würde sie von der Spritze wegholen, und ich würde sie trösten. Der Alte mit seinem Nachkriegssound ist immer anderer Ansicht. Dabei weiss ich, dass Pia mich braucht. Nächsten Freitag mach ich eine Biege. Ich hab dem Heinrich gesagt, ich besuche meine Mutter. Vielleicht besuche ich auch Lotte. Sie meint, ich sei ein Steppenwolf.

– Lesen Sie noch lange vor?

– Ich gebe zu, es steht da wenig Schmeichelhaftes über Sie, sagte Brandtburger, der die Schadenfreude kaum unterdrücken konnte und sich im braungrauen Kinnbart kraulte.

— Es gibt noch einige andere Stellen, die sich mit der Mutter befassen. Sein Wille nach Unabhängigkeit ist stark. Er hat eine Stelle des Gestalttherapeuten Perls abgeschrieben und sie unter die Überschrift: „Für Gabriel" gesetzt: Ich tu, was ich tu; und Du tust, was Du tust. Ich bin nicht auf dieser Welt, um nach Deinen Erwartungen zu leben. Und Du bist nicht auf dieser Welt, um nach den meinen zu leben. Du bist Du und ich bin ich. Und wenn wir uns zufällig finden: wunderbar. Wenn nicht, kann man auch nichts machen.

Bolla hörte angestrengt zu. Seine Eleganz hatte etwas wie Hohn in der Amtsstube, wo es nach Bodenwichse roch, wogegen sein Duft von Halston nicht ankam.

— Ich suche nach einem Leben, las Brandtburger weiter vor, das Veränderungen bringt. Mit Gabriel nach Venedig reisen, das wäre echt geil. Ich war mit Mutter dort vor drei Jahren im Danieli. Man darf nicht wissen, was immer als nächstes passieren soll. Das macht die Schule so langweilig. Doch bis jetzt geht es mir bei Kuhn am besten. Er versteht mich. Das Schicksal gehört nur mir selbst. Ich will in den Sommerferien ganz neu anfangen. Kuhn hat mir gesagt, man finde kein neues Loch, wenn man es einfach tiefer grabe. Das find ich echt Spitze, den Spruch. Ich weiss nicht, was ich werden soll. Früher wollte ich Förster werden. Aber jetzt stirbt der Wald. Mich stinkt die ganze bürgerliche

Scheisse mit Krieg und Raketen saumässig an. Wie soll ich dagegenstinken? Ich kann ja Reagan nicht erschiessen. Nein, ich will mir kein Lebensmodell aufpressen lassen. Wer nicht spinnen darf, dem fällt bald nichts mehr ein.

Brandtburger sah Bolla nach diesem Satz an. Dieser aber wechselte nur die Position seiner langen Beine.

— Es heisst anderswo: Ich kann die Mädchen nur als Gabriel kennen lernen. Wenn ich Gabriel bin, kennt mich niemand. Als Gabriel bin ich besser. Ich bleibe nur auf der Höhe, weil Gabriel hier ist. Gabriel ist ein Erzengel: er wird als Bote Gottes erwähnt, ist aber auch Straf- und Todesengel.

Bolla schaute ohne Hemmung auf die Bulgari. Das blonde Gold des Gehäuses funkelte. Er schwärmt wohl ein wenig für Gabriel, der ja wirklich sehr hübsch ist, sagte Bolla. Und Brandtburger: Ach, hier steht ja noch der bemerkenswerte Satz: Nur wenn Gabriel Klarinette spielt, weiss ich nicht, was ich denken soll. Warum macht mich das flippig? Diesen Blasknebel mag ich nicht. Brandtburger machte eine Kunstpause.

— Wie darf ich das verstehen, fragte Bolla zweideutig. Brandtburger überhörte die Anzüglichkeit oder verstand sie nicht. Und die Briefe? fragte Bolla.

— Er schreibt über die Ferien in der Normandie. Damals, letzten Sommer, kannten sich Gabriel und Peter erst kurze Zeit. In der Normandie hat

Peter ja mit Ihrem Einverständnis Motorradfahren gelernt.

– Na und? Er interessiert sich nun mal für Motorräder.

– Warum haben Sie Lotte mit auf die Jacht genommen?

– Mein Gott: ich sagte ja, dass ich das Mädchen kenne. Es ist sechzehn gewesen, falls Sie das meinen. Ich weiss, was ich zu tun habe. Sie machte einen verlorenen Eindruck. Sie muss ein Rendezvous verpasst haben.

– Hat sie einen Namen genannt?

– Johnnie, glaube ich. Prado? Ich kann mich nicht erinnern.

– Niemand hat also die geringste Ahnung, wo Lotte ist.

– Offenbar.

Brandtburger sagte durch die Gegensprechanlage, man könne Peter bringen. Er trat ein, hochaufgeschossen und bleich. Der schwarze Flaum auf den Wangen und über den Lippen ein auffallender Kontrast. Das Haar schimmerte violett: man hatte ihm erlaubt, es zu waschen. Schertenleib hatte ihm Baby-Shampoo gegeben. Peter hinkte ein wenig. Schertenleib hatte zuerst gemeint, er foppe ihn damit, war aber dann bereitwillig gewesen, Peters Knöchel mit Weleda Haut- und Massageöl einzureiben.

– Was hast du denn am Fuss? fragte Bolla. Er grüsste überhaupt nicht. Peter sah ihn nicht einmal an. Er setzte sich kurzentschlossen auf den gebohnerten Boden. Bolla sagte: Da hat es Stühle. Brandtburger winkte ab. Du kannst dich doch nicht einfach auf den Boden setzen, insistierte Bolla.

— Er soll mich am Arsch lecken, sagte Peter leise zu Brandtburger, der daraufhin etwas erschreckt mit den Augen zwinkerte. Bolla blieb nichts anderes übrig, als spöttisch die Arme zu verschränken.

— Sehen Sie ihn doch an, sagte Peter immer noch leise, er trägt mit Anzug, Schuhen, Schmuck und Uhr vierzigtausend Franken am Arsch. Nun aber zitterte seine Stimme; hätte er weiter gesprochen, wäre sie gekippt. Er durfte auf keinen Fall weinen: das hatte er sich fest vorgenommen, und so kniff er sich in die empfindliche Stelle des Oberschenkels.

— Erzähl jetzt alles der Reihe nach, sagte Brandtburger mit möglichst munterer Stimme. Bolla betrachtete, die Arme immer noch verschränkt, den Kopf etwas nach hinten gebeugt, den braunen Cerruti-Schuh.

— Du musst dich verteidigen, Peter. Sag etwas. Du warst am Freitag abend etwa um halb sieben auf der Jacht. Gut. Danach bist du mit Lotte, die ein Rennen hatte, noch einige Schritte gegangen. Stimmt's? Später, nach acht Uhr — —

— Fragen Sie doch den da! Er ging zwanzig nach acht mit Lotte eng umschlungen an Bord!

— Von umschlungen kann keine Rede sein: ich

bringe das nur der Ordnung halber vor, sagte Bolla ebenso leise wie Peter. Nun starrten Vater und Sohn Brandtburger an, der verwundert feststellte, dass sie genau dieselben Augen hatten.

– Oder hast du, fragte Brandtburger, am späten Abend die Jacht allein genommen? Dein Vater sagte, dass er sich nach zehn Uhr von Lotte verabschiedet hat. Sie gehe gleich nach Hause, denn während der Woche müsse sie um zehn zuhause sein.

– Was der schon sagt, murmelte Peter, der zwischen seinen Beinen hindurch auf einen Punkt am Boden sah. Du hast in deinem Tagebuch geschrieben, du möchtest lieber Gabriel sein. Warum?

Peter stand schnell auf. Woher haben Sie das? fragte er und starrte ungläubig auf den Schreibtisch, wo er auch seine Briefe und die Fotos entdeckte. Brandtburger sagte in einem Ton, als ob Peter längst davon wüsste: Aber die Sachen hat doch Gabriel an Kuhn weitergegeben, sofort, nachdem du am Samstag getürmt bist.

– Aber das ist doch nicht wahr, sagte Peter beherrscht; doch seine Augen waren vor Wut und Entsetzen ganz dunkel geworden. Das glaube ich nicht, brachte er hervor und versuchte zu lächeln, Gabriel hat mich nicht verraten. Er verschränkte die Finger hinter dem Nacken und winkelte die Ellenbogen ab, eine gänzlich unbegreifliche Haltung, wie Brandtburger dachte. Gabriel, sagte er beunruhigt und ohne Überzeugungskraft, hat diese Sachen zu seiner *Entlastung* an Kuhn weitergegeben.

– Zur Entlastung? Peter hatte hoch im Diskant gesprochen.

– Weshalb hast du an Lottes Postfach – – ich meine an die Firma N. O. Bodi GmbH dieses Foto geschickt? Er hob es hoch, warf es aber gleich wieder hin und schlug mit der Hand darauf. Natürlich, sagte er mehr zu Bolla als zu Peter: *Nobody's Diary* – – Nobody – – N. O. Bodi. Ist ja zu blöd. Er blickte auf Peter. Dieser stand immer noch da, die Hände im Nacken, die Finger wie zum Gebet ineinanderverschränkt. So bezwang er das Zittern einigermassen, bevor er die Fassung verlor und gestand, er habe Lotte um halb elf auf die Jacht genommen und sie erwürgt. Seine Hände, unkontrolliert, würgten Luft, als er stammelte: Ich hab sie erwürgt, die Beine mit T-Eisen beschwert und Lotte ans Schlepptau gehängt, das ich bei voller Fahrt voraus gekappt habe. Er würgte immer noch entseelt Luft. Die staubtrockenen Lippen klebten am Zahnfleisch, als man ihn hinausführte. Bolla, grau, sagte, er glaube kein Wort.

Pia Bolla zog die Spritze auf. Den linken Arm hatte sie unterbunden. Es machte den Anschein, als injiziere sie Insulin oder ein Vitaminpräparat und nicht Morphium, das sie regelmässig von ihrem Mann bezog. Wenn sie Entzugserscheinungen hatte, so nur deshalb, weil sie vom Stoff loskommen wollte; aber die Schmerzen im Unterleib, meinte sie, seien jeweils noch stärker als Anzeichen der Abstinenz. Sie hatte immer einige Mühe, die Vene zu finden und verzog die Lippen, als sie hineinstach. Schon nach Sekunden war das Wohlbehagen da, eine Sturzflut bekömmlichen Blutes, das die Unbilden überspülte. Sie betupfte den Einstich mit reinem Alkohol und klebte das Pflästerchen darauf. Es machte alles einen absurd klinischen Eindruck.

Pia war sechsunddreissig gewesen, eine Frau von bestürzender Zerbrechlichkeit. Sie war gross, und Peter, jedesmal, wenn er sie sah, hätte sie gern in die Arme genommen und sie gestreichelt; aber er wagte nie, es zu tun, weil der Frost dazwischen war.

Das Haus war gross; zu gross, wie sie immer klagte, wenn sie, wie jetzt, zwar zufrieden, weil das Heisse kühl wurde in ihr, durch die weitläufigen Räume ging. Unten die Praxisräume und zwei Kleinwohnungen für die beiden Schwestern. Die Drachenburg, wie Peter sagte.

Es ging auf zehn. Paul musste jeden Augenblick zurückkommen. Er war immer pünktlich. Auf dem Weg zu ihrem Zimmer trat er ihr entgegen und küsste sie flüchtig auf die Stirn. Gut geschlafen? fragte er zerstreut. Es klang wie Hohn. Auf ein Wort nur, sagte er und ging ins Kaminzimmer, wo die Vorhänge gezogen waren. Der kühlste Ort im Sommer. Auch im Winter: es herrschten bemerkenswert britische Zustände dort. Bolla setzte sich nicht. Er sah die übergrossen Augen seiner Frau. Die Pupillen fast unsichtbar, so dass die grünliche Iris irritierte. Sie trug das tizianrote Haar straff aus der weissen Stirn gekämmt als schweren Knoten im Nacken. Pia hatte vor und noch kurze Zeit während der Ehe bis zur Schwangerschaft klassisches Ballett getanzt; doch Paul hatte ihr eingebleut, sie sei viel zu gross. Danach hatte sie gehofft, Peter würde Tänzer, der aber solche Zumutung schon als Siebenjähriger idiotisch fand und sich weigerte, bei den Eleven mitzumachen.

— Was ist denn geschehen? fragte Pia.

— Peter hat ein Geständnis abgelegt.

— Was für ein Geständnis?

— Er habe auf der Jacht Lotte Gilly erdrosselt.

— Unsinn.

— Sag ich eben auch.

Sie sahen einander an. Warum behauptet er das? fragte Pia. Ihre Wangen hatten sich unversehens gerötet.

— Er berichtete schaurige Details. Bolla dachte daran, dass er die Akte Lotte Gilly aus der Kartothek verschwinden lassen musste. Abtreibung im dritten Monat: das war im Frühjahr gewesen. Von dritter Seite war ein hohes Honorar bezahlt worden. In der Drachenburg standen für solche Fälle drei Zimmer zur Verfügung. Die Damen wussten das zu schätzen. Bolla zwinkerte plötzlich nervös mit den Augen. Möglich, dass ihn jemand in der Hand hatte. Er schob den Verdacht beiseite. Er war zu mächtig.

– Ich werde zu ihm gehen müssen, sagte Pia.

– Tu das, sagte Bolla. Er ging schnell hinaus, um sich für die Praxis umzuziehen.

Die Jungen grinsten, als Müller am Dienstag bei schönstem Sommerwetter in der Höhe auftauchte und einen penetranten Geruch nach Toscanelli verbreitete. Kuhn war äusserst ungehalten wegen des Besuchs. Er fürchtete, dass Peters Geständnis publik werden könnte. Glücklicherweise hatte Brandtburger dicht gehalten. Das Verschwinden Lottes hatte noch nicht mal im Blick gestanden. Es hiess ganz allgemein, Peter sei getürmt wegen eines gestohlenen Motorrades.

– Was halten eigentlich Sie vom Geständnis? fragte Müller, der, Kuhn gegenüber, auf dem gleichen Stuhl sass wie Gabriel am Samstag.

– Was soll ich wohl davon halten, kam Kuhns Stimme aus einer Ecke. Die Pfeife wies griesgrämig nach unten: Wenn er seinen Vater mit Lotte gesehen hat – – also ich weiss nicht. Vielleicht haben sie sich an Bord gestritten. Oder ein Unfall? Ich weiss nicht, ich weiss nicht. Es ist so schnell etwas geschehen. Waren Sie unterdessen bei Peter?

– Gestern. Er war nicht einvernahmefähig.

– Und er ist wieder in dieser Station?

– Ja. Warum meinen Sie? Da kommt er nicht raus.

– Ach, nicht deswegen.

– Nach Hause kann man ihn nun nicht mehr

lassen. Übrigens: Haben Sie einen Schüler namens Johnnie?

— Johnnie Prado? Nicht mehr. Er hat sich letzten Freitag zusammen mit einigen anderen Abgängern verabschiedet und ist nach Durban abgeflogen.

— Heiliger Strohsack, sagte Müller und schlug sich aufs Knie.

Als Schertenleib das Mittagessen in den Hurrikan brachte, weil man Peter mit den anderen Aufgegriffenen nicht bei Tisch sitzen lassen wollte, lag er, die Blue jeans unterm Kopf, nur im T-Shirt und Slip auf der Pritsche.

— Was haben wir denn da? fragte Schertenleib und zog mit dem Schuh die Tür ins Schloss. Wir werden uns noch erkälten.

— Kein Wunder bei dieser Hitze. Schertenleib stellte das Tablett auf den Tisch und richtete seine braunen Knopfaugen auf Peter, der sich, schlecht gespielt, wohlig räkelte. Ei ei ei, sagte Schertenleib und zeigte seine gelben Zähnchen. Er zitterte aus Angst und Vorlust. Doch nicht jetzt, flüsterte er mit schwerer Zunge.

— Mach mir doch die Binde auf. Ich hab wieder schaurig Zoff mit dem Schinken. Also bitte. Wenn du mich massierst, das macht mich echt geil. Sei doch nicht so eng, Zampano, ich bin keine Fehlgeburt.

Schertenleib setzte sich auf den Pritschenrand,

und Peter legte ihm das Bein aufs Knie. Er merkte, dass Schertenleibs Hände flatterten wie die Wimpel der Jacht bei Sturm.

– Ich habe kein Öl dabei, sagte Schertenleib.

– Dann mach's mit Spucke.

– Ach du Unanständiger.

Peter verstand das blöde Witzchen nicht. Er hob den Kopf und sah zu, wie Schertenleib, der ihn zu betreuen hatte, mit der dehnfähigen Medizinalbinde focht, indem er sie ungeschickt abwickelte. Du hast ja ganz kalte Füsse, sagte er klagend und linste zur Tür. Unmöglich, flüsterte er.

– Es wird doch wohl erlaubt sein, dass man mir die Flosse massiert, verdammt noch mal! Peter nahm die Binde. Ich wickle sie unterdessen auf, sagte er, legte sich zurück, nahm aber die Enden der Binde in die Hände: so, dass nur etwa achtzig Zentimeter Spiel blieb. Aua, du tust mir weh!

– Der Knöchel ist ja ganz blau und grün, jammerte Schertenleib. Man hörte, die Zunge klebte ihm am Gaumen. Peter, fast schläfrig: Vielleicht weiter oben wie am Sonntag nach dem Schach? Das war galaktisch, echt.

– So? Meinst du? Ach der Ärmste, er schläft. Am Sonntag war er munterer. Wollen wir ihn nicht schlafen lassen? Ein Pfusi-Pfusi bis um vier Uhr? Er beugte sich über den Slip. So war er in zweifacher Hinsicht überwältigt. Peter streifte, die Binde an den Enden haltend, den Slip zu den Schenkeln, so dass sich die Binde nun unter Schertenleibs be-

bendem Kinn befand. Peter nahm mit schneller Bewegung das linke Ende der Binde in die rechte Hand und das rechte in die Linke, kreuzweise: und so zog er die Enden sanft auseinander. Schertenleibs Kopf kam hoch. Er wurde sogleich phantastisch rot. Die Knopfaugen drohten herauszupurzeln, die Stirnadern schwollen, und die Zunge hing unheimlich weit raus. Peter lockerte die Spannung. Schertenleib holte mit dankbarem Japsen Schnauf. Er lag bäuchlings zwischen Peters Schenkeln, die nun um Schertenleibs Rücken geschlungen waren.

— Jetzt hör mal ganz genau zu, flüsterte Peter, hör ganz genau zu.

Gabriel stand in der Ecke des Zimmers, das er eine so lange und schöne Zeit mit Peter geteilt hatte. Nimm Platz, sagte Kuhn müde. Seine Mundwinkel zeigten auf zwanzig nach acht. Er hatte die trübsinnigste Pfeife ausgewählt, eine mordsmässige Savinelli, deren Riesenkopf fast bis zur Brust reichte. Sein zerfledderter, jagdgrüner Manchesteranzug wirkte noch ausgebeulter als sonst. Gabriel setzte sich vors runde Tischchen in einen der drei Korbsessel.

— Hübsch eingerichtet ist es hier, sagte Müller und klopfte ans Holz der oberen Koje. Sehr hübsch. Er machte einige Schritte zur Wand und überlegte, wo die Kamera plaziert gewesen sein mochte. Auf dem Bücherbrett. Sagt dir die Firma N. O. Bodi GmbH etwas? Es ärgerte ihn, dass

Brandtburger das Rätsel spielend gelöst hatte. Gabriel blickte Müller verständnislos an. Dieser ging auf ihn zu und fasste ihn unters Kinn. Er erschrak beinahe, so zart war die Haut.

– Du verschickst also nicht zufälligerweise Fotos? Na ja: Fotos, die hier aufgenommen worden sind, verstehst du. Von dort aus. Müller wies aufs Bücherbrett. Du hast doch an Lotte Gilly kein solches Foto gesandt?

– Nein, sagte Gabriel.

– Na siehst du, sagte Müller und lachte breit, aber lautlos. Dann hast du also Peters Tagebuch, das graue Heft, auch nicht auf Kuhns Tisch gelegt, oder? Und auch keine Fotos? Und keine Briefe?

– Nein.

– Gabriel, jetzt hör mal gut zu, sagte Kuhn. Was weisst du von Johnnie?

– Ich?

– Nein, du! schnauzte Müller so laut, dass Gabriel zusammenzuckte.

– Ich weiss nichts über Johnnie, rein gar nichts, der hat nie mit mir gesprochen, nie!

– Aber er kennt Lotte?

– Ich weiss nicht, vielleicht. Peter sprach von einem, der Lotte kennt.

– Meinte er seinen Vater damit? fragte Müller. Gabriel schaute fragend. Nein, sagte er zögernd. Da muss aber einer gewesen sein; und ganz leise: Peter hat gesagt, er habe Lotte erwürgt, mit T-Eisen beschwert und ins Schlepptau genommen. Das hat er gekappt, sagte er.

— Verdammt noch mal, schrie Müller: das Geständnis! Er hat also das Geständnis nicht erst bei Brandtburger gemacht. Jetzt wird's heiss. Kuhn setzte sich erschöpft. Der Korbstuhl knarrte unfreundlich. Wir müssen das Konzert absagen, sagte Kuhn betrübt und nahm zum ersten Mal die Pfeife aus dem Mund.

Um 14 Uhr klirrte und schepperte die metallene Wendeltreppe in der Soundbox gefährlich, als Müller hinunterpolterte und seinem Schweiss freien Lauf liess. Der Gestank der Mangalore Ganesh Beedies Nr. 501 schlug ihm entgegen. Ursula Grau merkte, dass der Spass vorbei war.

— Jetzt spucken Sie aber aus, sagte Müller leise, sonst knallt's. Und mit Donnerstimme nach oben, wo es lieblich nach Hasch duftete: Es wird niemand nach unten gelassen, verstanden? Der Bubi schluckte fast die Zunge vor Angst. Ich zerschlage dir den Laden, drohte Müller so, als meinte er es ernst und stampfte bauchvoran auf Ursula zu, deren Lippenviolett plötzlich verschmiert war.

— Kannten sich Lotte und Doktor Bolla?

— Ja.

— Und wie? Patientin, was? Abgetrieben? Wann?

— Wie meinen Sie?

— Ich meine nie, du Gans, merk dir das. Wann? Los , schnell, antworte!

– Im Frühjahr.

– Aha. Und sie hatten es miteinander?

– Wie meinen Sie?

Müller hob tatsächlich die Hand. Ursula, wie ein Kind, duckte sich. Er hat sie betatscht. Schon beim Untersuchen. Ein Gent.

– Wer hat die Abtreibung bezahlt?

– Johnnie.

– Prado?

– Mhm.

– Haarfarbe?

– Blond. Weissblond.

– Aha. Müller wirkte so gemütlich, dass Ursula ihre Aussage bereute. Müller war zufrieden. So lief das also. Er glaubte nicht, dass Johnnie wieder in Südafrika war. Er wischte sich den Schweiss ab, als sähe er Donnerbühl während eines Boxkampfes im Keller des Polizeipostens ins K.o. gehen. Lächerlicherweise trug Donnerbühl zum Boxen lila Hosen. Müller schnupperte erfreut und blinzelte in einen Halogenspot. Tatsächlich, es gelang ihm zu niesen, vierzehn Mal hintereinander, einfach köstlich. Er steckte sich eine Toscanelli in den Mund. Rauchen Sie ruhig Ihre Beedies, Fräulein Grau, sagte er gönnerhaft. Hübscher Laden hier, ich werde meinen Enkel darauf aufmerksam machen. Haben Sie zufälligerweise die Macht des Schicksals auf Lager? Eine Oper von Verdi, verstehen Sie.

– Leider führen wir keine Opern.

– Schade, schade. Wo war denn Lotte offiziell,

als sie sich dem kleinen Eingriff hat unterziehen müssen?

– Bei mir. In einer Hütte.

– Kolossal. Und wo?

– In Adelboden.

Er hätte am liebsten „Wenn i nume wüsst wo ds Vogulisi wär" gesungen. Und hätte damit Lotte gemeint. „Vogulisi chunt vo Adubode här", summte er dann trotz besseren Vorsatzes die zweite Hälfte der Melodie, was sich wie eine Antwort auf keine Frage ausnahm. Wir sprechen uns noch, sagte er gütiger als ein Monsignore zum Firmling, stieg empor und ging geradewegs auf den Bubi zu, der hinter ein Gestell flüchten wollte, aber stehen blieb, als er Müller auf sich zukommen sah. Er lächelte tapfer, wobei sich aber sein Gesicht nach jedem Antippen des Zeigefingers, der seine Brust traf, immer mehr verzerrte, weil Müller bei jeder Frage stärker zustiess: Schwarzer Afghan? Grüner Türke? Roter Libanese? Südamerikanisches Gras? Dunkelbrauner Pakistan? Schwarzer Nepal? Weisser Nepal? Gib mal Feuer, Schniegel-Poppie! Er hielt seine Toscanelli vor die weisse Nase des Opfers, das zurückwich und den Daumen am Rädchen eines Bic-Feuerzeuges rieb. Müller, die Daumen hinter den Hosenträgern, beugte sich vor und nahm, den Bubi bullenhaft anglotzend, schmatzend Feuer. Er richtete sich hoch auf, riss die Hosenträgerbändel weit nach vorn, und dann liess er sie so zurückschnellen, dass es klatschte. Auch zum Bubi, wenngleich

nicht wie ein Monsignore, sagte er: Wir sprechen
uns noch.

Peter fasste Mut und trat in die Bijouterie ein. Fräulein Wertheimer, Inhaberin, kannte ihn sofort, obwohl es drei Jahre her waren, dass er mit der Mutter
die Omega gekauft hatte. Wie es denn Frau Doktor
ginge? Mein Gott, wie er gewachsen habe! Man
dürfe ja gar nicht mehr Du sagen. Schon bald so
gross wie der Herr Vater. Und so berühmt. Sie
drohte neckisch mit dem Zeigefinger.

— Was führt dich denn her. Sie sprach hoch-
deutsch. Ihre Stimme tief. Sie rauchte Chesterfield,
und es blitzte viel Echtes an ihr.

— Ich soll die Uhr abholen.

— Welche Uhr denn, mein Junge?

— Mutters Uhr.

— Aber es liegt hier nichts zur Reparatur.

— Doch. Mutters Uhr soll ich abholen.

— Aber wenn ich's doch sage, Jungchen, dass
für Frau Doktor hier nichts liegt.

— Schauen Sie doch hinten nach!

— Vielleicht hat Herr Fuchs — — was hast du
denn? Du bist ja ganz weiss — — und Herr Fuchs
ist ausgerechnet vor fünf Minuten gegangen.

Peter hatte das beobachtet. Er ergriff die Gelegenheit, um ein Glas Wasser zu bitten. Fräulein
Wertheimer ging, Düfte von Shalimar wie eine
Schleppe nachziehend, nach hinten, während Peter
hinter den Korpus flitzte und den Öffnungsknopf

drückte. Die Kasse sprang klirrend auf. Peter raffte Noten und lief auf die Strasse.

Er kaufte Zeitungen, fand aber kein Bild, keine Notiz. Morgen, am Mittwoch, dachte er, wird alles in den Zeitungen stehen, und er ging in einen Coiffeursalon. Ein Italiener in blauer Berufsjacke trank, da keine Kundschaft im Laden war, Kaffee. Nix viel los, sagte er, du caffè? Peter schüttelte den Kopf und setzte sich auf den Stuhl. Er kam sich wie beim Zahnarzt vor. Er hasste es, wenn man ihm die Haare schnitt. Er fand sich unheimlich schön, als er sich im Spiegel sah, so richtig abgefuckt, beinahe ein Junkie. Du sehr langes Haar, sagte der Coiffeur, man trägt nicht mehr so.

— Kurz, sagte Peter, auch über den Ohren. Über den Ohren rasiert, verstehst du? Und oben eine Bürste. Der Italiener jammerte und beschwor seine Familie, Emilia Galotti und den Teufel, das sei unter seiner Würde: er wisse eine schöne Frisur und zeigte ihm das Bild eines Poppers, der genau gleich aussah wie Gabriel; aber Peter, wütend ob des Anblicks, beharrte auf seinem Wunsch, und der Italiener rasierte stöhnend den Nacken und die Haare über den Ohren. Er weinte fast. Ah, brutto, brutto, brutto, schrie er, als das Schandwerk getan.

Peter starrte sich fassungslos an. Er hatte krebsrote Ohren und fand sich nun so hässlich, dass ihn das Grauen packte. Nix zahlen, rief der Italiener, ist es furchterlich so, nehme keine Geld, no no no! Die Bürste machte seinen Kopf eckig. Die grauen

Augen blickten tückisch. Die Backenknochen stachen vor. Alle Weichheit weg. Der Hals irgendwie länger geworden. Der Hass auf sich, während des letzten Blickes in den Spiegel, wurde zur Wollust. Jetzt musste er nur noch Klamotten haben, dann war die Sache geritzt, und in einem Secondhandladen kaufte er sich Zebraröhren, eine vergammelte Lederjacke, ein zerrissenes grünes T-Shirt, das den Nabel frei liess und dann noch Fallschirmspringerschuhe, die zwei Nummern zu gross waren. So stand er nun vorm staubigen Spiegel. Fräulein Wertheimers Geld war gut angelegt. Er hatte noch über dreihundert Franken.

— Eine knackige Röhre, sagte die Verkäuferin, und der Kaftan ist auch echt riesig. Peter freute sich über das Kompliment. Eine Weile bewegte er sich noch ungeschickt, stellte aber erleichtert fest, dass er nicht mehr hinken musste. Bei einem Dealer kaufte er roten Libanesen. Er kaute ein Stückchen und war nach zwanzig Minuten high. Er trat zu einer Viererbande. Die Boys starrten ihn misstrauisch an. Er verteilte Stoff.

— Ich peile mal, was läuft hier. Bin aus Luzern. Hab noch Eier für die Pinte. Oder machen wir hier mal eine Streetaction? Man fand Peter nach einer Stunde oberaffengeil, und zu fünft zogen sie los.

Nach dem Verschwinden Peters liess sich der Fall nicht mehr geheimhalten. Frau Gilly studierte am Mittwoch morgen die Presse. Zwischendurch schrillte immer wieder das Telefon, und Leute meldeten sich, sie hätten Lotte gesehen; sie sei als Wasserleiche angeschwemmt worden; sie gehe auf der Seepromenade auf den Strich; sie sei an einen Scheich verkauft; arbeite als Animierdame in der Kontiki-Bar – – und der dickste Hund: Lotte liege zerstückelt im Wald, der Kopf der Leiche werde ihr per express zugestellt. Ob Frau Gilly das wolle? Sie verneinte weinend.

Wieder las sie die Berichte und kratzte an den juckenden Krampfadern. An Ferien auf Gran Canaria war überhaupt nicht mehr zu denken. Sie war völlig aufgelöst, als es klingelte und Reporter vor der Tür standen.

Im Internat gab es begreiflicherweise Wirbel. Kuhn hatte sich nach den Zeitungsmeldungen entschlossen, Gabriels Vater zu bestellen, damit er den Knaben abhole. Kuhn wollte sich jeder weiteren Verantwortung entbinden. Die Konstellation schien ihm gefährlich. Gabriels Vater war ausserordentlich mürrisch. Er hatte eine solche Fahne, dass Kuhn fragte: Können Sie überhaupt fahren? Berger richtete seine entzündeten Augen auf Kuhn: Was soll das heissen? Wie darf ich das verstehen, bitte? Sagen Sie mir lieber, warum mein Sohn, ein legitimes Genie, das Konzert nicht spielen darf. Da ist ja Dimitris Sgouros ein Dreck dagegen. Griechische Wunderkindermafia. Pah. Das ist doch wohl hirnrissig, Gabriel zu bestrafen, nur weil dieser Bolla – –

– Unmöglich. Er wird nicht spielen.

– Aber Sie nehmen ihm die Chance seines Lebens! Was soll ich überhaupt mit ihm? Hier ist er doch unter Aufsicht. Wozu bezahle ich das horrende Schulgeld? Damit Sie ihn mir einfach an den Hals hängen?

– Begreifen Sie doch endlich, dass ich ihn nicht hier behalten kann. Die Fragereien alle, die psychische Belastung, die Verhöre: er muss morgen Donnerstag ohnehin zu Jugendanwalt Brandtburger. Was kann ich da ändern? Unter diesen Umständen kann er doch das Konzert nicht spielen. Wenn alles gut geht, vielleicht zu Weihnachten. Mehr kann ich dazu nicht sagen.

Auf der Fahrt hatte Berger dem Whisky im Flachmann tüchtig zugesprochen und war, als er in die Seestrasse einbog, unheimlich leutselig und aufgekratzt. Gabriel sass neben ihm, angewidert und eingeschüchtert zugleich. Das schwarze Köfferchen mit der Klarinette darin lag auf seinem Schoss. Dort, rief er plötzlich, dort! Schau mal! Sein Vater blickte nach rechts. Das sind Froschmänner, rief Gabriel, überall Froschmänner, die nach Lotte tauchen.

– Tatsächlich, die tauchen nach Lotte, sagte Berger fröhlich und parkte den Wagen. Grossartig. Da schauen wir jetzt ein wenig zu. Ja, das kommt davon: das nennt man Wohlstandsverwahrlosung. Er nahm seinen Sohn tatsächlich an der Hand, was

Gabriel furchtbar auf die Nerven ging.

Der Herzschlag war so stark, dass es im Hals
schmerzte, als Peter, vor dem Haus, wo Lotte gewohnt hatte, vorbeiging und in die Seestrasse ein-
biegend von weitem das Bootshaus sah. Es war
Donnerstag. Peter hatte zwei Nächte in einem Ju-
gendzentrum verbracht. Jetzt war er völlig down.
Er presste ein Bündel Zeitungen an die Brust. Sein
Bild gross und die Überschrift: Ist er der Mädchen-
würger? Und darunter: Alles über die Flucht. Wer
hat wen verführt? Fluchthelfer Schertenleib ge-
ständig.

Frau Gilly war die Heldin des Tages. Herr Gillys grösster Wunsch war, falls Lotte nicht tot, ein
Paar Bermudas. Das schwergeprüfte Ehepaar habe
die gebuchte Reise nach Gran Canaria abgesagt.
„Anonyme Anrufer machen dem Ehepaar das Leben schwer. 'Ich bin enttäuscht über die Mensch-
heit', klagte Frau Gilly gestern Mittwoch. Dem
leidgeprüften Paar bleibt nichts erspart", las Peter
auf der Bank vor dem Bootshaus, „schon kurz
nach dem Verschwinden Lottes wurde es terrori-
siert. 'Mitten in der Nacht haben diese Kerle angerufen. Manchmal waren es auch Frauen, die mich
mit ihrem säuselnden Gefasel halb wahnsinnig
machten. Sie warfen mir sogar vor, dass ich eben
besser auf mein Kind hätte aufpassen müssen', erklärte Frau Gilly traurig."

Peters Zebrahosen waren schmutzig geworden

seit Dienstag. Er rauchte ununterbrochen Chesterfield, eine Hommage an Fräulein Wertheimer.

Zur gleichen Zeit, als Peter unverfroren auf der
Bank sass, erhielt Müller einen Anruf. Ein italieni-
scher Coiffeur sagte, er kenne den Jungen im Blick
ganz genau. Hat Haare bei mir snaiden lassen, ganz
und gar und sieht jetzt aus wie ein Punk. Müller
liess sich das alles genau beschreiben. Eine Leich-
tigkeit, nun ein Robotbild für die Fahndung herstellen zu lassen: jetzt lief die Sache.

Peter, noch immer auf der Bank, sah nach, was es
heute abend, 7. Juli 1983, für Konzerte gab. Sein
Herz klopfte wieder schmerzhaft. Das Mittellän-
der-Bläsersextett spielte Werke von Mozart und
Weber. Daniel Berger spielte auch. Daniel Berger,
zweite Klarinette. Hoffentlich musste Gabriel seinen Vater nicht begleiten.
　　Er sah die Polizisten Gloor und Donnerbühl
von weitem. Sein erster Impuls war Flucht. Er begann an die Handflächen zu schwitzen. Doch dann
stand er auf, liess die Zeitungen liegen und ging den
Bullen beherzt entgegen. Sie schauten ihn gar nicht
an, obwohl sie ihn am Samstag festgenommen und
ihm die Arme auf den Rücken gedreht hatten. Peter hörte Donnerbühl nur sagen: Ich rufe eben
schnell ins Spital an.

Gabriel legte die Platte des Klarinettenkonzertes

auf. Sein Vater hatte sich verabschiedet, ihn ermahnt und gesagt, er komme erst am Freitag morgen zurück, weil nach dem Konzert noch ein Fest geplant sei. Das war Gabriel recht. Plötzlich genoss er es wie Befreiung, dass er das Konzert nicht spielen musste. Das Gespräch mit Brandtburger am heutigen Morgen hatte nichts gebracht. Gabriel hatte alles zu Protokoll gegeben, was er wusste.

Er blieb sitzen, als es klingelte. Sicher eine dieser Ziegen, die zum Vater wollten. Ihm fiel ein, dass die Tür nicht zugesperrt war, und er stand doch auf. Im ersten Augenblick erkannte er Peter gar nicht. Er stand einfach im Korridor, unheimlich gross und mager. Es war nicht die Frisur, die Peter so veränderte. Vielleicht hatte er auch gar nicht abgenommen. Nein, es waren die Augen, sie sahen wahnsinnig gefährlich aus. Gabriel wagte überhaupt nichts zu sagen. Peter ging ohne Umschweife ins Wohnzimmer. Schleichende Schritte. Auf einem Tisch lag ein Springseil. Vater behauptete, gleich anderntags mit dem Training beginnen zu wollen, verschob es aber einstweilen immer. Peter nahm das Hüpfseil und liess es kreisen. Er hüpfte wie verrückt im Seil, die ganze Wohnung zitterte. Kein Muskel zuckte im Gesicht. Die Augen aufgerissen. Durch die Vibration übersprang das Pick up einige Rillen: die Musik gab keinen Sinn mehr. Peter begann nach einer Weile zu keuchen. Ausser Atem, mehlweiss, völlig verschwitzt, unentwegt springend: Mein Name ist Niemand! Wer früh

stirbt, ist länger tot. Zwei drei vier fünf! Das Tagebuch Kuhn gegeben. Zwei drei vier fünf sechs sie-
ben acht! Peter liess das Seil fallen. Er hörte keu-
chend auf die Musik. Jetzt spielst du also am Samstag? Ja? Abschlussfeier. Und heute ist der siebente
Juli. Ein besonderer Tag. Abschlussfeier jetzt!
Wollen wir uns fotografieren? He? Festliche Aula.
Herr Kuhn hält eine Ansprache: Liebe Eltern und
Schüler, wir haben das Vergnügen. Hörst du dich?
Peter zeigte auf das Grammo. Du spielst schön und
rein. Hörst du? Peter zischte die Melodie mit. Ah.
Dein Ton ist gut. Hörst du? Du machst keine Feh-
ler. Eine schöne Klarinette. Lass mal sehen.

Peter nahm die Klarinette vom Flügel. Wirklich
eine schöne Klarinette. Er hielt sie als Fernrohr
vors Auge, immer noch ausser Atem. Erstaunlich!
Man kann die Wahrheit sehen, die ganze abgefuck-
te Wahrheit, du Schleimi! Peters Stimme begann
sich der Melodie anzugleichen, ein kurzatmiger
Singsang: Tatsächlich, dort ist der liebe Gott. Und
der nackte Erzengel Gabriel spielt Klarinette.
Dann führte er die Klarinette vor den Leib, eine
obszöne Gebärde: Der ist aber gross, was? Hast du
von Tuten und Blasen eine Ahnung? He?

— Hör auf, bettelte Gabriel.

— Du bist allein. Das trifft sich gut. Du Verrä-
ter.

— Peter, ich hab's nicht getan.

— Gib zu, dass du Angst hast.

Peter stiess Gabriel die Klarinette in den Bauch.

— Ich erkläre alles, schrie Gabriel, als Peter schon mit gewaltigem Schwung aufzog und die Klarinette gegen Gabriels Schläfe niedersausen liess.

— Ich wollte Ihnen die erfreuliche Mitteilung selber machen, sagte Brandtburger am Freitag morgen zu Frau Bolla: Lotte hat sich gestern abend gestellt. Jetzt müssen wir nur noch Peter finden. Ihm geschieht nichts. Die Delikte sind eigentlich geringfügig. Die Yamaha hat man gefunden: Johnnie hat sie mitgenommen.

— Wer ist Johnnie?

— Ehemaliger Schüler der Höhe. Er war ausserordentlich eifersüchtig auf Peter. Wegen Lotte, verstehen Sie. Johnnie und Lotte kennen sich seit Dezember letzten Jahres. Um mit ihr zu korrespondieren, mietete er ihr ein Postfach. Dorthin schickte er ein diskriminierendes Foto. Lotte sollte nichts mehr von Peter halten.

— Fräulein Wertheimer habe ich entschädigt, sagte Pia. Und was ist mit Johnnie jetzt?

— Jetzt? Ach so. Ja. Er ist im Ausland. Johnnie kommt von Südafrika. Er muss sehr reich sein. Wir können nichts gegen Johnnie tun. Er ist Südafrikaner. Volljährig. Er hat seine Lust an Lotte gestillt und sie gestern hocken lassen. Lotte ist eine dumme Gans. Ich sage das ungern. Aber es ist so.

— Aber was ist denn um Gottes Willen wirklich geschehen?

– Nichts. Nach der bestimmt erstaunlich keuschen Fahrt hat Peter das Mädchen abgesetzt und die Jacht im Bootshaus vertäut. Ich bitte Sie, das Folgende nicht gegen Ihren Mann gerichtet verstehen zu wollen; aber nach acht entdeckt Peter, der ums Haus, wo Lotte wohnt, herumstreicht und vielleicht schon die Yamaha ins Auge fasst, wie sein Vater mit Lotte zur Jacht geht.

– Wie bitte?

– Ihr Mann hat es Ihnen nicht gesagt?

– Nein.

– Das ist unbegreiflich.

– Ach lassen Sie.

– Nun ja. Begreiflich, dass Peter wartete und den beiden auflauerte. Erst als sie die Jacht verlassen hatten, schrie er ihnen, wie Ihr Mann nun endlich und auch Lotte ausgesagt haben, Unflätigkeiten nach.

– Und wohin ist sie denn mit meinem Mann nach der Ausfahrt?

– Nach Hohendorf.

– Wie bitte?

– Zur Höhe.

– Das begreife ich nicht. Ihre Hand betastete den Haarknoten im Nacken. Sie trug ein weisses Hosenkleid von Jil Sander.

– Johnnie hat Lotte abends um acht Uhr versetzt. Aber ihre Abmachung lautete, er rufe immer zur vollen Stunde in die Kabine Ecke Seestrasse/Post an.

– Ach so. Und um acht Uhr hat Johnnie sie gebeten, nach Hohendorf zu kommen?

– Ja. Er erwarte sie um Mitternacht. Weiss der Kuckuck weshalb. Vielleicht wollte er Peter provozieren.

– Ich erinnere mich, dass mein Mann letzten Samstag gegen ein Uhr früh nach Hause gekommen ist.

– Aus Wut und Frust nimmt Peter die Jacht wiederum, vielleicht, um sich an der Geschwindigkeit zu berauschen oder um seine Rache in der Phantasie zu stillen. Jedenfalls hat er das Seil gekappt. Und dann hat er das Streichholzbriefchen gefunden und es entzweigerissen. Er muss die Schrift seines Vaters und die Telefonnummer erkannt haben. Machen Sie sich keine Sorgen. Peter wird wieder auftauchen. Er hat übrigens die Haare schneiden lassen.

Pia Bolla schien nicht mehr auf ihn zu hören. Ihr Mund war trocken. Sie fühlte Ameisenlaufen in Armen und Beinen, ein Summen war im Kopf. Gleich werde ich zu zittern beginnen, dachte sie, als es klopfte und Donnerbühl unter der Tür stand.

Herr Berger pfiff fröhlich, als er die Treppe hinaufstieg. Er hatte kräftig Whisky und Bier gefrühstückt im Bahnhofbuffet und brachte Gabriel knusprige Gipfeli mit, die er in der Höhe so sehr vermisste. Trullallla, rief er, als er die Tür öffnete: Jetzt frühstücken die zwei grössten Klarinettisten unter der Sonne Eurasiens miteinander. Gabi! Hallo, Gabi! Schläfst du noch? Morgenstund ist aller Laster Anfang, heisst es doch: also steh auf und nutz die Stunde. Oder frönst du bereits deinem lieblichen Laster? Was? Du liegst am Boden? Bist du besoffen? Berger warf die Tüte auf die Chaiselongue und beugte sich über den Knaben. Die Klarinette lag neben ihm. Er drehte Gabriel auf den Rücken. Der Knabe war ganz kalt. Tote Augen starrten ihn an. Die Beule an der Schläfe blau und gross wie eine Kinderfaust. Vor Schreck musste er würgen. Der Strahl mit Whisky vermischten Bieres ergoss sich über die Kinderleiche.

— Lassen Sie ihn nur bringen, sagte Pia Bolla, ich muss unterdessen nur schnell — —

— Durch diese Tür, sagte Brandtburger. Donnerbühl brachte Peter.

— Wie geht's denn Ihrer Frau?

— Gestern abend, sagte Donnerbühl begeistert, endlich! Am siebenten Juli war es soweit. Ein Knabe! Hat ja gedauert. Und bevor er die Tür schloss: Ein Neunpfünder! Er machte vor Begeisterung einige Boxbewegungen.

Peter ging wie im Traum. Brandtburger erschrak nicht nur wegen der Aufmachung und der Frisur: ein borstiges schwarzes Büschel auf dem Schädel. Es waren die Augen, die ihn erschreckten.

— Deine Mutter ist hier. Nun ist ja alles gut. Hast du erfahren, dass Lotte zurückgekehrt ist?

Wohl kaum, oder? Jedenfalls: sie ist hier. Du wirst dich erholen, Peter, glaub mir. Peter liess sich mehr fallen, als dass er sich auf den Boden setzte. Ich stinke, sagte Peter, ich stinke saumässig.

— Du kannst beruhigt sein. Johnnie, nicht Gabriel, hat Kuhn *Nobody's Diary* gegeben. Und auch alles andere. Gabriel ist gänzlich unschuldig. Er hat dich sehr gern. Das darfst du mir glauben. Ihr werdet eine schöne Zeit haben miteinander. Daran kannst du dich aufrichten.

Peter hob ganz langsam den Kopf: Wie? Es begann sich ein irres Lächeln zu formen im verquollenen Gesicht. Was? Es war vergebens? Alles vergebens? Nein nein, er hat, sagte Peter fast tonlos, alles Kuhn gegeben. Er hat mich ausgeliefert. Alles verraten. Ich weiss schon Bescheid. Er senkte den Kopf wieder. Das Haar stand lächerlich von der Fontanelle ab, eine altmodische WC-Bürste.

Brandtburger meinte zuerst, falsch zu hören: aber Peter kicherte tatsächlich, er kicherte wie ein Greis und sagte: Zwei drei vier fünf sechs sieben acht. Dann flüsterte er: Du bist mir treu geblieben? Kicherte wieder: Ich kann's doch nicht umsonst getan haben, als das Telefon klingelte und Müller barsch den Mord meldete: Auf die Schläfe, jawohl. Mit der Klarinette totgeschlagen. Seit mindestens vierzehn Stunden tot. Peter muss die ganze Nacht bei ihm gewesen sein. Man hat gesehen, wie er um neun das Haus verliess. Der Vater ist um halb zehn nach Hause gekommen. Hat Meldung gemacht.

Schock. Oder sturzbesoffen. Sind Sie noch da? Die Grossfahndung ist eingeleitet.

– Unnötig. Er ist da.

– Ach ja? Dann ist ja gut. Müller hängte ein. Brandtburger, auf Peter schauend, hatte den Hörer noch in der Hand, als Frau Bolla eintrat. Peter rief: Er schläft nur.

Er stand nicht auf.

– Was ist mit ihm? Peter? Wie siehst du aus? Ach, du dummer Junge. Und zu Brandtburger: Dann können wir jetzt wohl gehen? Oder ist was? Ihre grünen Augen gross, die Pupillen Stecknadelköpfe. Sie wiederholte: Wir können jetzt doch gehen?

– Ich fürchte nein, sagte Brandtburger, und Peter murmelte: Gabriel schläft. Ich bin sicher, dass er nur schläft!

Windeisen

Windeisen sah sich im Restaurant Schweizerhof um. Er war ausserordentlich mager. Pickel am rötlichen Hals. Klobige Hände an schmalen Gelenken. Kurzsichtig, mit stumpfschwarzen Augen zwinkernd, suchte er einen gewissen Josef Bugmann, den er zuvor noch nie gesehen hatte; aber Windeisen war wegen einer Stellung, die er als Redaktor antreten wollte, mit ihm verabredet. Er konnte sich nur unklare Vorstellung von seiner künftigen Position machen, falls er für sie überhaupt in Betracht käme, woran er, vor Aufregung zitternd, er schwitzte an die Handflächen, stark zweifelte, obwohl er sonst zu spassigen Utopien neigte. Immerhin hatte er einen schönen Brief geschrieben, nachdem ihm das Inserat in der WELT-WOCHE aufgefallen war: eine Wochenzeitung suche je einen ausgewiesenen Redaktor zur Betreuung des politischen und wirtschaftlichen Teils. Bewerbungen mit den üblichen Unterlagen seien unter Chiffre 2812 einzureichen.

Windeisen allerdings, seit Jahren bei der Paketpost weit unter seinem geistigen Niveau als povere Aushilfe überbeschäftigt (er arbeitete drei Tage die Woche), konnte keine Unterlagen zur Verfügung stellen; aber er hatte kurzentschlossen geschrieben: „Sehr geehrte Redaktion! Als hauptberuflicher Dichter, dessen Pseudonym ungelüftet sei, möchte auch ich in den Tag und die Stunde des Journalismusses hineinwachsen. Unter dem Decknamen Lukianos, den ich hier ausnahmsweise lüfte,

durchreiste ich wie dieser Sophist und Wanderredner durchs Römische Weltreich es getan hat die
Schweiz und besonders die Brünigstrecke. Ich
traue mir zu, für eine Wochenzeitung die Innenpo-
litik zu übernehmen. Auch für sozialistische Fragen wie das Juraproblem bin ich aufgeschlossen.
Deshalb bitte ich Sie, mich als ernsthaften Bewer-
ber anzublicken. Ich komme Ihrer Aufforderung,
Arbeitsproben einzuschicken, gerne nach! Den 18.
Februar 1971, frdlst Ihr Tobias R. Windeisen."

Er verschickte viele solcher Briefe: hatte sich
auch einmal als Direktor des Schweizer Fernsehens
beworben und eine so eminent freundliche und
ernstzunehmende Absage erhalten, dass er an seinen nahe dem Aufwachen schlummernden Fähig-
keiten fortan, nachdem er die Stellung als Steward
bei den SBB, wo er vorzüglich auf der Brünigstrek-
ke laues Bier und aufgeweichte Sandwiches verkauft hatte, nicht mehr zweifelte und ermuntert
wurde, seine durch keine Widrigkeiten aufzuhal-
tende Karriere mit schönen Bewerbungen voran-
zutreiben, was ihm bis dato allerdings, er war nun
knapp zweiunddreissig, leider nicht gelungen war;
doch dies schien sich mit einem Schlag zu ändern,
als er einige Tage nach jüngster Bewerbung eine
Postkarte erhielt, auf der, mit mikroskopisch kleinen Buchstaben geschrieben, zu lesen stand: „besten dank für ihre anfrage. würden sie in den nächsten tagen untenstehende nummer anrufen. frdlst
josef bugmann."

Das Frdlst schien Schule zu machen. Er war stilbildend und wie geschaffen zum Redaktor. Windeisen, dessen R im Namen reiner Schmuck war (manchmal Rinaldo, manchmal Romanowitsch, manchmal Raoul), griff sich ängstlich an die linke Busentasche, wo er die wertvolle Postkarte verwahrte. Darunter pochte das zaghafte Herz schnell; denn es war eine herbe Enttäuschung in ihm: gewiss war Bugmann nicht gekommen. Hier sah niemand aus wie Bugmann. Dieser hatte am Telefon so leise gesprochen, wie er klein zu schreiben pflegte.

Es wurde ihm immer peinlicher, in diesem noblen Restaurant herumzustehen. Wahrscheinlich fiel er den Gästen schon auf. Gleich würde er sich vor Scham zu winden beginnen, er kannte sich in dieser Hinsicht und hasste sich dafür. Er trug seinen einzigen und zugleich glänzendsten Anzug aus mausgrauem Flanell. Nun zitterte sein Kopf, und er erwog schleunige Flucht durch die vornehme Drehtür. Da sah er knapp vor sich einen massigen Herrn, dessen Augen ihm auffielen. Windeisen, der sich nun erkannt fühlte, lächelte schief und devot. Seine schwarzen Augen irrten vor Aufregung hin und her. „Ich habe Sie sofort für Herrn Bugmann gehalten", sagte er in gepresstem Bass und setzte sich ungelenk. Die roten Kabisohren hoben sich von der käsigen Haut ab. Bugmann hatte ihm eine schlaffe Hand hingehalten und unhörbar gegrüsst.

Jetzt blickte er Windeisen schläfrig, aber mit irritierenden Augen an. Er sass zurückgelehnt, die Ellenbogen auf den rotgepolsterten Stuhllehnen, die Fingerspitzen pedantisch aneinander. Er schien das Schweigen zu geniessen, als sässe er, zufrieden mit dem Tageswerk, am abendlichen Kaminfeuer. So sah er geistesabwesend auf Windeisens Brust, in der das Feuer der Hoffnung zu erlöschen drohte. Er verbarg die flatternden Hände unter dem Tisch. Der Kopf zitterte noch heftiger als zuvor. Dann sagte er mit seiner heiseren Stimme: „Dieses ist mein Stammlokal."

„Dann kennen Sie bestimmt Herrn Bauer."

„Aber bestens. Ein Freund."

„Vorzüglicher Gastronom. Kennen Sie seine Crépinettes de lagnereau Comtesse de Sévigné? Oder die Caille aux gousses d'ail et aux cèpes? Und nicht zuletzt die Jalousie de ris de veau à la fondue de poireaux! Aber da kommt er ja schon." Bauer grüsste Bugmann auf das freundlichste und würdigte Windeisen nur einer angedeuteten Verbeugung, jedoch keines Blickes. Er empfahl für heute den Feuilleté de pigeonneau aux choux et aux truffes und schnalzte mit der Zunge. „Vier Bresse-Täubchen", flüsterte Bauer, als spräche er von einem Staatsgeheimnis, „Portwein, Cognac, Weisskohl, Blätterteig, Trüffel − − und für die Farce mageres Schweinefleisch, Geflügelfleisch, entbeinte Taubenschenkel, Gänsetopfleber, Butter. Die Täubchen liegen schon seit zwei Stunden in Portwein und Cognac", lockte Bauer. Bugmann seufzte. Dann flüsterte er: „Ich komme auf das Täubchen zurück."

Windeisens Stirn glänzte fettig. Es blieb zu hoffen, dass Bugmann trotzdem annehmen mochte, Bauer sei ein Freund Windeisens, dessen schwarze Strähnen auf der Stirn klebten, damit die beginnende Glatze kaschiert sei. Ihm graute vor einem zu verspeisenden Täubchen, und er fand es unverständlich, dass Bugmann das Geschäftliche unerwähnt liess. So sass er vor seiner unberührten Kaffeetasse und schwieg wieder beharrlich. Windeisen hätte Herrn Bauer, den er für einen Kellner gehalten, beinahe den barschen Auftrag gegeben, er möge ihm ebenfalls Kaffee bringen, diesen aber dann, aufgeklärt, bei einer Serviertochter bestellt.

Plötzlich flüsterte Bugmann: „Um es kurz zu machen, ich werde Sie einstellen."

Windeisens Herz zog sich zusammen. Bugmann hielt ihn also zum Narren. Das hätte er schon beim Frdlst merken müssen. Ein Nabob, wie er vor ihm sass und leere Versprechungen machte; denn er schränkte sogleich ein: „Allerdings hat der Verleger das letzte Wort."

„Sie sind also nicht der Verleger?"

„Nein. Ich bin Personalchef der Bürsten- und Kartonfabrik und betreue die Arbeiter. Der Fabrikant ist Verleger. Verstehen Sie." Aber Windeisen verstand nichts: er fühlte sich nur verhöhnt, als er etwas von Bürsten und Kartons hörte; denn einst

105

hatte er bei der Schokoladenfabrik Tobler mit Bürsten Kartons gereinigt, die mit Schokoladenkrumen verklebt gewesen waren. Ihn wollte dünken, die Karton- und Bürstenfabrik sei eine düstere Anspielung auf seine bewegte Vergangenheit. Vielleicht hatte Bugmann Nachforschungen betrieben. Er bot aber nicht diesen Anschein, weil er weiterhin schläfrig blickte. Doch sein rechtes Auge wirkte immer befremdlicher. Es starrte wie ein Marmelstein.

„Und es kommt jetzt auf den Verleger an?"

„Exakt."

„Und wie heisst diese Zeitung?"

„Schweizer Mittelland Zeitung."

„Das ist ja fabelhaft", lamentierte Windeisen, der neuen Mut fasste: „Ich lese sie jeden Tag!"

„Es handelt sich, wie gesagt, um eine Wochenzeitung."

„Natürlich. Ich lese jeden Tag in ihr."

„Ach ja?" Das rechte Auge funkelte tot.

„Ein gehobenes Blatt", krächzte Windeisen flehend.

„Es existiert nicht."

Bugmanns Ausdruck wirkte hintergründig belustigt. Er sass unbeweglich, die Ellenbogen aufgestützt, die Fingerspitzen aneinander. Der Kaffee in der Tasse noch immer unberührt. Es hatte sich eine Haut gebildet auf der Sahne.

„Existiert nicht", näselte Windeisen, „also ein zu gründendes Organ. Ich lese das Blatt, wie ge-

106

sagt, täglich. Habe ja auch das Inserat entdeckt dort. Ich sprach von der WELTWOCHE. Entschuldigen Sie den Lapsus liquid."

„Wie bitte? Ach so. Na ja. Wir Lateiner verstehen uns."

Windeisen konnte die Kaffeetasse nicht heben. Seine Rechte zitterte zu stark. Bugmann, fett, seine Gesichtshaut war porös und fahl, betrachtete ihn unverhohlen. „Interessant", flüsterte er. Windeisen wusste nicht, was er damit meinte. Er entschloss sich, die Aussage positiv zu deuten und zog die Mundwinkel hinunter, wobei er zugleich den Unterkiefer dämonisch vorstiess. Er war sich dieser Wirkung, vorm Spiegel immer wieder aufs neue eingeübt, durchaus sicher.

„Der Verleger heisst Knoblauch", hauchte Bugmann, und zum erstenmal zeigte er eine Rührung: er machte seine runden Schultern schmal, als fröre ihn. Dann begann er im Kaffee zu rühren, er rührte ununterbrochen, er hörte mit Rühren überhaupt nicht mehr auf und war in Gedanken woanders, obwohl er in die Tasse schaute. Dann murmelte er unvermittelt: „Ich habe übrigens ein Glasauge."

Das stünde ihm vortrefflich, wollte Windeisen schon sagen, liess es aber sein. Er fand die Vorstellung grässlich, sein Auge herausklauben zu können und überlegte, ob man ein Glasauge polieren müsse. Bugmann sagte zum rührenden Löffel: „Die Redaktion befindet sich neben der Knoblauchschen Villa." Wieder zogen sich seine Schultern zusammen: „Herr Doktor Knoblauch erwartet Sie morgen zu einem Gespräch. Die Redaktion ist im ehemaligen Gärtnerhaus untergebracht. Sie müssen sich vorstellen: die Villa des Chefs steht auf dem ehemaligen Fabrikareal. Jetzt aber werden die Bürsten und Kartons im Nachbardorf produziert. Die ehemalige Fabrik steht leer. Zwar arbeitet das Büropersonal noch dort. Und das Areal ist nun ein Park. Sie werden sehen."

Bugmann gab zu verstehen, dass Doktor Knoblauch darauf bestehe, der Stab müsse in Oberentenweid ansässig sein: für Reisespesen zum Arbeitsplatz würde nicht aufgekommen; doch bei viertausendzweihundert Franken falle das kaum ins Gewicht. Windeisen versuchte auszurechnen, was er monatlich verdienen würde. Dreihundert? Er schluckte leer, weil ihm das zu wenig schien. Bugmann, fast tröstend: „Natürlich kommen zu den fünfzigtausend jährlich noch Spesen dazu."

„Monatlich?"

„Nein. Jährlich."

„Viertausendzweihundert?"

„Monatlich. Ja."

„Fünfzigtausend?"

„Jährlich."

Als er begriff, dass er Fr. 4200.— monatlich ohne Spesen verdienen würde, verstand er nichts mehr und fühlte sich weder betrogen noch verhöhnt. Bugmann liess den Löffel fallen. Leises Klirren auf der Untertasse. Allmählich strömten

Gäste ins Schweizerhof: es ging auf Mittag, und Windeisen liess sich erklären, wo Oberentenweid war. Es lag nächst Unterentenweid, wo Kartons und Bürsten produziert wurden. Man erreichte den Ort mit der Murksentalbahn. Windeisen fühlte sich angenehm an seine Zeit als Steward erinnert. Auch die Tatsache, dass er einst bei Tobler Kartons gebürstet hatte, vermochte seinen erfrischten Geist nicht mehr zu trüben. „Die Nullnummer ist bereits geklebt." Windeisen wusste nicht, was eine Nullnummer war. Doch er heuchelte Interesse. „Die Nullnummer", erklärte Bugmann und nahm den Tassenhenkel endlich zwischen Daumen und Zeigefinger, während er den kleinen Finger, der kurz und dick war, graziös abspreizte, „die Nullnummer existiert seit etlichen Jahren. Ich habe sie noch mit den ehemaligen Redaktoren gemacht."

„Mit den ehemaligen?"

„Der Stab ist ständig in Fluss", verriet Bugmann und nippte zierlich am kalten Kaffee. Dabei schloss er das linke Auge. Das rechte, wahrscheinlich grün, gleisste irgendwie hämisch. „Wir haben jetzt ein junges Team. Ein dynamisches Team. Doktor Knoblauch besteht auf solchem Team. Wir werden, falls Sie anfangen, zu viert sein. Allerdings fiele Ihnen noch die Aufgabe zu, drei Akquisiteure anzuwerben. Männer, die auf Inseratenwerbung gehen, Sie verstehen. Diese Aufgabe fällt jedem neu eintretenden Redaktor zu." Windeisen verstand die Tragweite dieser Erklärung nicht.

Bugmann nahm wieder seine ursprüngliche Stellung ein und war dem Schlaf nahe, als er frösteInd erklärte, Doktor Knoblauch wünsche ein dynamisches Team, ein junges Team, ein angriffiges, witziges, wendiges, sozusagen rasendes Team. Ausserdem lege der Chef Wert auf akribische Recherchierarbeit: er sei sofort auf Windeisen eingegangen, weil dieser den Brünig, vor allem aber das Juraproblem erwähnt habe; denn Doktor Knoblauch sei ein glühender Separatist; einfach deswegen, obzwar Oberst a.D. der Kavallerie, weil er für das Kämpferische sei. Windeisen sei also ein Kenner des Jura?

„Aber bestimmt!"

„Dann entschuldigen Sie mich einen Augenblick." Aber Bugmann blieb sitzen, und Windeisens Kopf wackelte vor Angst und Gier. Er müsste also Leute einstellen: er würde ganz oben sein. Beben mussten sie vor ihm und um Anstellung winseln, dachte er noch, als er in Oberentenweid die Murksentalbahn verliess, um sich beim Fabrikanten und Verleger Dr. Emil Knoblauch einzufinden.

Verzagt das Areal betretend, das ihm wunderbar und imposant erschien, gewissermassen verzaubert oder sogar englisch in seiner ruhigen Pracht mit all den alten Bäumen, Trauerweiden, Eichen und Buchen und Linden und Teichen und Wegen, wünschte er sich sehr, Bugmann, der ihm zwar noch immer gänzlich unvertraut war, möge

110

ihn väterlich beschützen. War ihm überhaupt zu trauen? Denn nach mehrmaliger Aufforderung, er, Windeisen, möge ihn entschuldigen, hatte er endlich blass, müde und schlaff den Weg zur Toilette gemacht, von der er leicht gerötet, energisch und straff zurückkehrte: höchst aufgeräumt und munter sich die Hände reibend, hatte er sein Versprechen gehalten und war auf das Täubchen zurückgekommen. Herr Bauer hatte ihn zwar noch mit einer gegrillten Entenbrust mit Sauce Bordelaise und Steinpilzpüree verwirrt; aber dann war der schwere Entscheid doch auf die zarte Brust der Taube gefallen, die sich lieblich ausnahm im Bett von Farce, feingestreiftem, in Butter gedünstetem Kohl und knusprigem Blätterteig. Es ward ein eleganter, nicht zu schwerer Burgunder dazu getrunken. Das alles schmeckte Windeisen, der sich danach für einen Gourmet hielt, höchst befremdlich, und erst die Mousse glacé à la vanille, die zu einem Coeur flottant bereitet wurde, machte ihm Spass: das schwimmende Herz in Schokoladensauce hatte es ihm angetan. Beim Kaffee mit Calvados aus dem „Sanglier bleu" in Paris hatte Bugmann, abermals fröstelnd, von den Eigenheiten Knoblauchs gesprochen: sämtliche Angestellte der Karton- sowie Bürstenfabrik, die Redaktoren ehrenhalber eingeschlossen, seien mit Gewehren bewaffnet und müssten dem jährlich durchgeführten internen Schützenfest beiwohnen; oder an Fastnacht hätten alle, ebenfalls obligatorisch, eine Pappnase oder

111

noch feineres Kostüm zu tragen. Knoblauch sässe dann im Rittersaal als gekrönter König mit rotem Mantel und Hermelin auf einem Thron und nähme die Reverenzen entgegen. Ausserdem hielte er zwölf Pferde; aber die Stallungen dürften nicht betreten werden. Sein Faktotum hiesse übrigens Lüscher und habe einen Gehirnschlag erlitten, worunter sich Windeisen nichts hatte vorstellen können.

Besagter Lüscher kam über den Kiesweg von den Stallungen her, wo sich weite Rasenflächen hinzogen, aber auch ein Kreisrund, auf dem die Pferde offenbar an der Longe traben mochten. Eine Kastanienallee verlief in eine andere Richtung: wahrscheinlich zur Villa und mithin auch zur Redaktion. Das Verwaltungsgebäude, ein Schnörkelbau aus dem 19. Jahrhundert mit roten Sandsteinquadern versehen gleich einem romantischen Schloss, so kam es Windeisen vor, lag hinter einem langgezogenen Teich, über dessen grünes Wasser eine Brücke führte. Einige Pfaue schritten mit langen Schweifen hin und her und einer schlug ein Rad von allerprächtigstem Ausmass, als Lüscher, ein untersetzter Mann, der unbegreiflicherweise einen ausserordentlich grossen Regenschirm, die Sonne schien, unterm Arm trug, etwas kurzatmig rief: „Mein Name ist Herr Lüscher."

Aha, der Mann mit dem Gehirnschlag, dachte Windeisen informiert, der durch diese Tatsache kolossal erleichtert war: ein Krüppel also und ihm unterlegen. Lüschers Haar, gekraust und spärlich, ringelte sich über der runden Stirn. Er reichte Windeisen die Hand und lachte herzlich. Das tat wohl, und so verbeugte sich Windeisen grotesk.

„Wenn Sie bitte neben mir warten wollen", sagte Lüscher, und beide nahmen, als bewachten sie den Phantasiebau, vor der Brücke Posten. Im ersten Stockwerk, einem Triptychon ähnlich, ragten drei hart nebeneinander eingelassene Fenster empor, was sehr feierlich wirkte. Hin und wieder spähte Lüscher nach dem Sonnenstand und schien plötzlich zufriedengestellt. „Jetzt aber rasch", rief er und fuchtelte mit dem Regenschirm. Dann lief er über die Brücke, die man, wie Windeisen erst jetzt bemerkte, hochziehen konnte, so dass ihm das Haus endgültig wie ein Schloss vorkam. Lüscher betrat einen dunklen Korridor, wo es sehr streng nach Bodenwichse roch. Sie eilten zur Bel-Etage hinauf und den Gang entlang nach hinten zu einer Flügeltür, die Lüscher demütig öffnete. Windeisen trat ein und war geblendet. Er konnte nichts erkennen; denn hinter dem Tisch, wohl mehr denn drei Meter breit, strahlte durch die dreifachen, hochgewölbten Fenster die Sonne. Doch dann machte er hinter diesem Tisch eine sitzende Gestalt aus. Lüscher schloss die Tür. Er nahm Windeisen beim Arm und führte ihn dem Tisch entgegen. Eine Aureole umgab den Sitzenden. Etwa fünf Meter vorm Tisch zwei niedere Stühle. Dort machte Lüscher

Halt und hiess seinen Begleiter ein gleiches tun. So standen sie vor den Stühlen stramm.

„Setzen", hörte Windeisen und gehorchte gleichzeitig mit Lüscher. Das Blenden machte das Schweigen bleiern. Es wollte ihm nicht gelingen, Knoblauch zu sehen. Doch er hörte plötzlich: „Da sind Sie ja. Sehr erfreut. Wussten Sie schon, dass der Mensch vom Raubtier abstammt? Dann wissen Sie es jetzt. Und er wird wieder Raubtier werden. Vor allem, wenn er nicht arbeitet. Ohne Arbeit wird der Mensch zum Mörder, merken Sie sich das. Denn des Menschen erste Bestimmung ist das Tun. Obwohl ich Knoblauch heisse, könnte ich das anhand einer Zwiebel veranschaulichen. Schicht um Schicht. Streng analytisch. Die Zwiebel eignet sich überhaupt vorzüglich zum Gleichnis. Nicht wahr, Lüscher?"

Lüscher, der eingenickt war, schreckte hoch und sagte militärisch knapp: „Jöhöm!"

„Also gut. Hier wird gearbeitet. Streng gearbeitet. Besonders auf der Redaktion. Ich wünsche ein dynamisches Team, ein junges Team, ein angriffiges, witziges, wendiges, sozusagen rasendes Team. Und ich lege Wert auf akribische Recherchierarbeit. Sie kennen den Jura? Dann sputen Sie sich. In meiner Zeitung hat das Juraproblem breitesten Raum. Ich gebe jede Woche zwei Spalten frei für den Jura. Zur Arbeit also, los! Wissen Sie, was mich die Redaktion kostet? Aber zur Zwiebel. Eine Zwiebel ist vielschichtig. Und sie besteht aus verschiedenen Häuten. So ist es mit dem Menschen. Häuten wir ihn ganz und stossen wir auf den Kern, so gelangen wir zum Raubtier. Also gut. Äusserste Disziplin. Selbstloser Einsatz. Harte Arbeit. Schiessen Sie?"

Das galt ihm, Windeisen, der, geblendet, emporschoss und stramm stehend brüllte: „Zu Befehl. Schützenkönig beim Knabenschiessen."

Ein erstauntes Schnaufen. Dann: „Ist ja fabelhaft. Kaum zu glauben. Sie wirken eher kurzsichtig. Oder tragen Sie Brille? Ich will hier keine Brillenträger. Sprechen Sie französisch?"

„Fliessend. Und etwas Babylonisch."

„Ich will hier kein Wort französisch hören. Kein Wort. Gewöhnen Sie sich Ihr Französisch augenblicklich ab. Wir sind hier keine Sansculotten, merken Sie sich das. Sie schiessen also, Sie sprechen Babylonisch. Sonst noch was? Reiten Sie? Aber nicht auf meinen Pferden. Ein Gewehr können Sie sofort fassen. Auch ein Luftgewehr. Damit können Sie Tauben schiessen. Haben Sie heute Tauben geschossen, Lüscher? Nein? Sagen Sie dem neuen Redaktor, woran Sie leiden."

„Ich hatte einen Gehirnschlag", sagte Lüscher.

„So ist brav, Lüscher. Nur mal munter. Sie hören, Lüscher hatte einen *leichten* Gehirnschlag. Er ist also nur begrenzt einsatzfähig. Nicht wahr, Lüscher?"

„Jöhöm."

„Sie wollen also für mich arbeiten? Mein Geld

annehmen und für dieses Geld das Äusserste geben? Tag und Nacht? Sie wollen diese Zeitung aufbauen? Ich will Ergebnisse sehen. Schreiben Sie vor allem gegen die Autobahnen. Gegen Enteignungen. Ich prozessiere mit der Eidgenossenschaft wegen der Autobahn. Man will mein Land. Raub, sage ich Ihnen, Raub. Setzen Sie sich. Platz! So ist brav. Ausserdem will ich dem Volk nahebringen, dass der Mensch vom Raubtier abstammt. Das erfordert zäheste Arbeit. Und schreiben Sie vor allem gegen Atomkraftwerke und gegen Panzer. Ich will die Wasserkraft und das Pferd. Ein Mann, ein Pferd, ein Säbel. Meine Zeitung ist die neueste Zeitung mit der ältesten Tradition. Verstehen Sie?"

„O ja."

„Lügen Sie nicht. Wer o ja sagt, lügt. Sie wissen nichts. Sie verstehen nichts. Sie sind unfähig. Sie sind arbeitsscheu. Sie essen mein Brot und tun nichts. Sie holen am Monatsende den Lohn ab. Sie machen horrende Spesen für nichts. Sie erbringen keine Gegenleistung. Wenn aber der Mensch nichts arbeitet, wird er zum Raubtier. Darum bin ich gegen die Invalidenversicherung und gegen die AHV. Nicht wahr, Lüscher?"

„Jöhöm."

„Er schläft dauernd ein, man muss ihn auf Trab halten. Die neueste Zeitung mit der ältesten Tradition deshalb, weil einer meiner Urväter in der Schweiz den ersten Druck legte. Das war 1486. Verstehen Sie?"

„Jawoll."

„Lügen Sie nicht. Wer jawoll sagt, lügt. Das ist das Übel der Welt. Die Lüge. Überhaupt enthält die Welt das Böse, das mit der Materie unzertrennlich verbunden ist. Das Böse ist die Folge der allmählichen Abschwächung des göttlichen Lichtes. Das Materielle, das Böse, ist nicht ein Etwas an und für sich, sondern nur Mangel an göttlichem Licht, an reinem Sein. Materie ist Rest der versuchsweise geschaffenen Welt. Diese Reste sind die Häute der Zwiebel. Das Böse oder das Übel wird stets als Schale dargestellt."

Stille. Der Himmel verfinsterte sich. Eine Wolke vorm Sonnenlicht. Knoblauchs weisses Gesicht wurde sichtbar. Die schwarzen Gläser der Brille reflektierten den Raum. Der Schädel kahl rasiert. Vom Kinn aus tiefe Furchen: eine bis zu den Bakkenknochen, die zweite zur Schläfe, die dritte zum Ohrlappen. „Sagen Sie mir sofort einen Slogan, der den Sinn einer Wochenzeitung erhellt!"

Windeisens Kanonenschuss: „Erscheint einmal in der Woche, Sie lesen sie jeden Tag."

Je dunkler es wurde draussen, umso heller erschien Knoblauch. Jetzt knallte sein Gelächter. „Köpfchen", schnauzte er, „Köpfchen!" Er tippte sich an den blanken Schädel. „Das ist alles Silber. Ich bin nämlich auf den Kopf gefallen. Da staunen Sie, was? Ich war Kavallerieoberst. Reitunfall. Eine Silberplatte."

„Ich sehe nichts."

„Natürlich sehen Sie nichts. Sie sehen nichts. Sie verstehen nichts. Sie sind blind." Die Sonne kam zum Vorschein, Knoblauch verschwand. „Was wollen Sie für mich tun? Sie können doch nicht dauernd solche Slogans kreieren. Der Slogan muss sofort gedruckt werden. Plakate. Weltformat. Sorgen Sie dafür. Nehmen Sie Kontakte auf. Wer hat Ihnen den Slogan verraten? Natürlich Bugmann. Er kann den Mund nicht halten. Man stiehlt meine Ideen. Also keine Slogans mehr. Verstanden? Haben Sie sonst noch Vorschläge? Die Zeitung muss aktuell sein, verstehen Sie. Schweigen Sie! Jung. Dynamisch. Revolutionär *und* konservativ. Für das Kapital. Gegen das Kapital. Für das Militär. Gegen das Militär. *Ausser*parteilich, nicht *über*parteilich und durchaus parteiisch. Das ist wie mit der Zwiebel. Schicht für Schicht. Bis Zürich. Aber nicht *nach* Zürich. Von Zürich *aus,* aber nicht *aus* Zürich. Von Dietikon über Baden, Brugg, Olten. Von dort aus nach Solothurn, nicht über Langenthal Burgdorf, jedoch die Aare entlang nach Bern. *Das* ist Strategie. Keine Streuung. Ich bin strikt gegen Streuung, aber für Schichtenüberlagerung. Nicht wahr, Lüscher? Aber man schläft, man döst, man laboriert an den Folgen eines *leichten* Gehirnschlags, und drüben auf der Redaktion wird gefaulenzt, niemand arbeitet, man nimmt Lohn und leistet nichts, Sie beginnen am fünfzehnten April, verstanden? Was haben Sie überhaupt für ein Konzept?"

„Die Brünigbahn. Oder die Schokoladenindustrie."

„Grossartig. Das sind Themen. Fabelhaft. Bringen Sie morgen das Ergebnis. Sie können gleich beginnen. Abmarsch! Lüscher, begleiten Sie den neuen Redaktor. Wie heissen Sie überhaupt?"

„Windeisen."

„So heisst man nicht. Mit diesem Namen können Sie unmöglich zeichnen. Jüdisch?"

„Protestantisch."

„Das Judentum ist keine Religionsfrage, merken Sie sich das. Ich hoffe, Sie sind für die Palästinenser. Protestantisch. Auch das noch. Bugmann hat wieder ein Windei gelegt. Nennen Sie sich Eiswind. Oder Föhn. Oder Bise. Wenn Sie wenigstens jüdisch wären. Oder katholisch. Sind Sie schwul?"

„Nein."

„Das sagt jeder. Geschlechtskrank?"

„Nein."

„Na na na! Wir werden sehen. Nichtraucher?"

„Nein."

„Wie bitte?"

„Ich meine: ja."

„Sie haben nichts zu meinen. Ich will in jeder Nummer etwas gegen Raucher, Fleischfresser, Syphilitiker, Schwule, Freimaurer, Juden und Jesuiten. Arbeiten Sie nun endlich? Ich sehe überhaupt keine Ergebnisse. Höre nichts. Sehe nichts. Setzen Sie sich. Nein, bleiben Sie stehen. Drehen Sie sich um! Aha. Ich habe es mir gedacht. Ihre Haare im

Nacken sind zu lang. Das muss weg. Radikal. Das kommt natürlich nicht in Frage. Und über den Jura? Warum schreiben Sie eigentlich nie etwas über den Jura? Ich will meine Zeitung gefüllt haben. Wöchentlich. Sie tun immer so, als gäbe es kein Armutsproblem in der Schweiz. Wo ist Ihr Artikel über Pauperismus? Hurensöhne, sage ich da. Windeier! Schreiben Sie etwas gegen die Invalidenversicherung. Verstehen Sie? Der Mensch verkommt mit AHV und IV. Mit diesen Renten wird der Mensch zum Raubtier, er kehrt zu seinem Ursprung zurück, merken Sie sich das. Aber bitte, wenn Sie nicht arbeiten wollen, können Sie wieder gehen. Haben Sie Ihre Arbeitsproben Bugmann abgegeben? Er taugt nichts. Er versteht nichts. Er arbeitet nichts. Er ist Chefredaktor. Als Personalchef völlig untauglich. Er war in einem Priesterseminar. Meine Zeitung wird katholisch unterwandert und ausgehöhlt. Total infiltriert. So kann das unmöglich weitergehen. Die Herren Abgottspon und Turnheer sind ebenfalls katholisch. Es ist himmelschreiend. Und jetzt noch Sie."

„Ich bin evangelisch!"

„Wir lieben dich, mein Sohn. Natürlich sind Sie katholisch. Sie riechen katholisch. Machen Sie mir nichts vor. Das ist Bugmanns Intrige gegen mich. Aber wenn die Herren meinen, hier faulenzen zu können, haben sie sich getäuscht. Sie sind ja hier noch der einzige, der überhaupt arbeitet. Nicht wahr, Lüscher? Begleiten Sie Herrn Zephyrgold zur Redaktion. He! Lassen Sie sich einen Karabiner geben! Und ein Luftgewehr. Gegen die Tauben."

Lüscher war komplett fertig. „Alles durch die Kastanienallee", sagte er, „dann sehen Sie die Villa und rechts die Redaktion." Er wankte den Stallungen entgegen und schleppte den Regenschirm wie einen Karren hinter sich her. Ein Pfau kreischte hässlich.

Windeisen war betäubt. Sein Hals staubtrokken. Er wusste nun gar nicht, ob er Redaktor war: immerhin, es stand zu vermuten; denn er war ja hier der einzige, der überhaupt arbeitete. Er schaute zurück. Die Konstruktion der Anlage war so ausgemessen, dass die schnurgerade Allee mit dem langgestreckten Teich und dem Gebäude dahinter wie ein Kreuz aussah. Doch sein Augenmerk galt solcher Proportion nicht. Er nahm sie gar nicht bewusst wahr, als er voll Lampenfiebers weiterging, bis dass ein schreckliches Tier auf ihn zugerannt kam. Seine Nackenhaare sträubten sich vor Entsetzen. Er wollte fliehen, sah aber keinen Ausweg. Und der Gänserich schoss schimpfend näher. Zur Seite also. Und über eine Wiese, wo Osterglocken standen. Im Hintergrund die Villa, ein Jugendstilhaus mit Erkern und Türmchen. Daneben das Gärtnerhaus. Und Windeisen lief um sein Leben. Der unheimliche Gänserich mit weitausholend watschelnden Schritten pfeilgeschwind und schrill schreiend hinter dem gehetzten Opfer her. Es war wie im Traum. Jetzt aber wollte Windeisen seinen Geist aufgeben, weil unmittelbar vor ihm mit hochgezogenen Lefzen, so dass weisse Zähne spitz zum Vorschein kamen, den Schwanz zwischen den Beinen, ein deutscher Schäferhund knurrte und viel Weiss in den Augen zeigte. Ein siebenjähriger Knabe auf einem Dreirad schaute tückisch, lachte schief, streckte ihm die Zunge heraus und stob davon. Der Ganter aber schlug mit den Flügeln, starrte mit himmelblauen Augen und riss nun mit höllischer Methode an Windeisens glänzenden Beinkleidern aus mausgrauem Flanell. Windeisen kreidebleich. Die Pickel wie Rubine. Es drang ein Stöhnen aus ihm, wie letztes Röcheln, als Bugmann erschien, ihm fröhlich winkte, die Tiere herbeirief und Redaktor Windeisen vorm sicheren Tod errettete.

Der Gänserich heisse Adalbert, die Hündin aber Lucky und das Söhnchen nicht etwa Rainer, sondern, verbrieft mit „ei" geschrieben, Reiner. Reiner Knoblauch. So sagte Bugmann vor dem Gärtnerhaus in der Loggia, wo eine immense Kanone stand, die mit dem Rohr zur obersten Fensterfront der Villa zielte, deren Scheiben, wie man es bei Kirchen sieht, aus lauter kleinen Glasstükken, von Blei umfasst, die Darstellung des Heiligen Martin zeigte, der altruistisch seinen Mantel entzweischnitt. Hinter der auf Hochglanz polierten Kanone, den Dimensionen nach die Dicke Berta, hing eine Weltkarte, die etwa fünf Meter breit und drei Meter hoch war.

Bugmann führte den hohlrückig Stelzenden, der immer noch am ganzen Leib zitterte, der Angstschweiss stand ihm auf fliehender Stirn, in die Redaktion im Parterre. Er machte das neue Glied des dynamischen Teams mit den Herren Abgottspon und Dr. Turnheer bekannt. Windeisen schob, um etwas darzustellen, nun doch den Unterkiefer vor; denn er glaubte sich zu erinnern, dass es auch Knoblauch so gemacht hatte. Seine schweissfeuchte Hand, bevor er sie reichte, putzte er sorgfältig am Flanell über der rechten Rocktasche, wo sich nach Jahren der Abreibung eine dunkle, deutlich glänzende Stelle gebildet hatte. Seine blauseidene Krawatte, ebenfalls ein antikes Stück, beengte den ohnehin gequälten Hals, der sich, lang und rötlich, aus dem Hemdkragen schraubte.

Später setzte sich Bugmann hinter seinen Schreibtisch. Ausser einer altmodischen Schreibgarnitur und dem Telefon war die polierte Platte leer. Er stützte die Ellenbogen auf und legte die Fingerspitzen aneinander. So sass er da, unverrückbar und schläfrig, aber wahrscheinlich ununterbrochen denkend, also durchaus schöpferisch, um im entscheidenden Augenblick aus dem unerschöpflichen Schatz angesammelten Gedankengutes schöpfen zu können: sass da, hinter seinem polierten Schreibtisch, und Windeisen sah ihn tatsächlich täglich, noch im Juni, bis er dann, dringender Recherchen wegen, die ihn, so seine Aussage, in die Gegend des Brünigs führten oder auch zu den lieblichen Gefilden des von Bern gevogteten Juras, wöchentlich nur noch dreimal, dann noch zweimal und nach den wohlverdienten Sommerferien, da ihm die Arbeit nun spielend von der Hand ging, wöchentlich nur noch einmal auf der Redaktion erschien, wo ein emsiges Treiben und dynamisches Hinarbeiten auf die erste Nummer der Schweizer Mittelland Zeitung herrschte: Bugmann, ein Monument aus Schläfrigkeit und lächelndem Trübsinn, überwachte als Chefredaktor von seinem angestammten Platz aus dieses Treiben, und jeden Mittag um Viertel vor zwölf rief er Muttchen an.

Auf Windeisens Tisch hinwider stapelten sich babylonische Türme aus dem Papier des schweizerischen Pressewesens. Er durchforstete den Blätterwald akribisch und hatte es im Lösen von Kreuzworträtseln zu wahrer Meisterschaft gebracht, da ihm bedeutende Sekundärliteratur, die sein Vorgänger, ein gewisser Fridolin Schletzinger, hinterlassen hatte: ein Kompendium zum spielenden Lösen jedwelchen Rätsels, zur freien Verfügung stand – eine Erbschaft gewissermassen. Es konnte vorkommen, dass Windeisen, die Haarschnitzel kühn auf die Stirn geklebt, den Unterkiefer vorgeschoben, mit Konvoluten unbeschriebener Blätter die Redaktion in Windeseile verliess, um, alle Angst vor Adalbert, Lucky und Reiner überwindend, durch die Kastanienallee, deren Bäume nun dunkelgrün beblättert waren, der ehemaligen Fabrik entgegenzustreben, in der Hoffnung, Dr. Knoblauch spähe durch das Fenstertriptychon und sähe den Schwerbeschäftigten, der im Laufschritt kam und im Sprint ging; ein rasender Reporter, wie er zwischen den Trauerweiden durchflitzte und den zutraulichen Geruch der Pferde roch, die weit hinten bei den Stallungen weideten. So erreichte er die Murksentalbahn, nicht ohne sich jedesmal mit einem Liter Dôle eingedeckt zu haben. Je mehr er aber verdiente, umso schlüpfriger floss das Geld durch die Finger. Er bemerkte es anfänglich gar nicht, weil er, wenn er ausstieg, bester Laune war und seine Bude schon gar nicht aufsuchte, weil dort, er schlief seit Jahren auf blosser Matratze, auf der sich ein Film von Sperma und Schweiss gebildet hatte, ausser leeren Flaschen, die sich auftürmten, einem meterhohen Faszikel Pornoheftchen und einem wackeligen Tisch nichts und niemand auf ihn wartete. Nicht so in den Restaurants, wo er als Peripatetiker gleich dem Wanderredner Lukianos grossen Hof hielt.

Die Redaktion aber war auf das trefflichste eingerichtet. Abgottspon und Turnheer waren eigens nach Oberentenweid gezogen und bewohnten in einer benachbarten Siedlung teure Dreizimmerlogis, die sie, sich gegenseitig übertreffend, zu bedeutenden Herrenstudios eingerichtet hatten, um ihrer Position als zeichnende Redaktoren der jüngsten

Wochenzeitung mit der ältesten Tradition, ein Blatt, das DIE ZEIT (von der WELTWOCHE gar nicht zu reden) in rabenschwarzen Schatten stellen sollte, gehörig gerecht zu werden. Sie kamen täglich auf die Redaktion und liessen sich von Windeisens Recherchierwut nicht beirren; denn sie waren mehr Theoretiker und ergingen sich in bedeutenden Fachdiskussionen über Gestaltung und Inhalt. So brüteten sie tage- und wochenlang über der Nullnummer, die nun ihr fünfjähriges Jubiläum feierte, und beratschlagten unter der schläfrigen Obhut Bugmanns, der sich nur eifrig einmischte, wenn sein Gesicht flüchtig gerötet und die linke Pupille stecknadelkopfklein war, wie und was noch zu verbessern sei bis zum 1. September: Windeisens Geburtstag; denn Windeisen war am 1. September 1939 zur Welt gekommen; und zwar um fünf Uhr fünfundvierzig: seit damals werde pausenlos zurückgeschossen. Ihn dünkte es wie ein Wunder, dass das Blatt an seinem Geburtstag geboren werden sollte.

Im Parterre gab es nur einen einzigen, sehr grossen Raum, an dessen Wänden sich heillos teure, herausziehbare Aktenschubladen befanden, die alle beschriftet waren: Bugmanns Werk, der auf den Etiketten Problemkreise von A bis Z (von der Aare bis Zyssig Adalbert, Musiker) mit mikroskopischer Schrift festgehalten hatte. Und alle diese Metallschubladen mit Hängeregistraturen waren vorläufig noch leer. Windeisen gedachte sie demnächst aufzufüllen, indem er die babylonischen Türme schleifen wollte, was aber noch Zeit hatte, bis sämtliche Rätsel gelöst sein würden.

Unten im Keller zwei grosse Räume: früher Geräteschuppen. Dort standen die auf Nachrichtenagenturen abonnierten Telexapparate, die, wenn Windeisen nur wollte, Nachrichten aus aller Welt in den Knoblauchschen Keller kabelten. Die Herren Abgottspon, Turnheer und Windeisen standen, waren die Geräte eingestellt, vor den ratternden und papierspuckenden Tickern und rissen die mondialen Mitteilungen aus den geschlitzten Mäulern und lasen die Nachrichten und warfen das Neueste in alte Kübel.

Im ersten Stock des Gärtnerhauses arbeiteten die von Windeisen eingestellten drei Akquisiteure. Nämlich die Herren Jost, Andermatt und Übelhart. Ernst Übelhart litt am selben Schicksalsschlag wie Lüscher, war samt Frau und Neufundländer nach Oberentenweid gezogen und sprach immer davon, dass er die Kollegen der Administration und Redaktion demnächst zu einer Bernerplatte einladen würde.

Es war ein reines Vergnügen gewesen, die Inseratenfuchser anzustellen. Andermatt, sehr jung und hübsch, gefiel dem ehemaligen Priesterseminaristen Josef Bugmann ganz besonders, der in seiner Gegenwart aufblühte und sein echtes Auge fast so gleissend erstrahlen liess wie das künstliche. Sein Gesicht war dann leicht gerötet. Bugmann arbeitete seit Kurt Andermatts Eintritt meistens im ersten Stock. Die drei Akquisiteure und der Chefredaktor, der seinen einsamen Posten vor poliertem Pult aufgegeben hatte, oblagen von neun bis zehn Uhr dem Bieter, gönnten sich eine Pause und machten bis zum Mittagessen noch einen Schieber. Nach dem Essen ramschten sie meist. Windeisen verstand nichts davon und ging, wenn er meinte, Knoblauch sähe ihm vom St. Martins-Fenster aus zu, das Flobert im Anschlag, zum Schein auf Taubenjagd, weil er sich vorgenommen hatte, in der Wirtschaft Zum Fröhlichen Sinn, wo der Stab das Mittagessen einnahm, einen Feuilleté de pigeonneau aux choux et aux truffes vom Wirt persönlich, Herrn Hundsberger, von selbstgeschossenen Tauben herstellen zu lassen, welche Freude jedoch in zweifacher Hinsicht vergällt wurde, indem Windeisen stets danebenschoss und Bugmann sagte, die Tauben vom Knoblauchschen Park seien ungeniessbar, da bitter.

Nur Übelhart hatte ernste Skrupel. Er tippte umständlich Adressen von möglichen Kunden, die er in immer neuen und genialeren Rang- oder Reihenfolgen in seinem Zettelkasten, der Registratur, einordnete und dabei ein Gesicht machte, das weitaus schuldbewusster wirkte, als wenn er Karten spielte.

Jürg Jost fiel immer häufiger aus, da er, nun Doppelverdiener, als Verlagsreisender die Sortimenter im Mittelland abklapperte und somit zweifache Spesen einstrich. Er war ein einfaches Gemüt: ihn störten die Arbeitssitten im Gärtnerhaus nicht.

Fehlte aber Andermatt und mussten daher die Herren Turnheer und Abgottspon für diesen und den ebenfalls abwesenden Jost bei Herrn Übelhart einspringen, damit auch dem etwas schwierigeren Skat Genüge getan werden konnte, worauf sich wiederum Andermatt nicht verstund, kam es etwa vor, dass sich der allein gelassene Josef Bugmann ein wenig vergass und mit hochgekrempeltem linkem Ärmel, den Oberarm mit gewöhnlicher Packschnur abgebunden, die Spritze noch auf dem sonst gänzlich leeren Schreibtisch, dösend dahinter trauerte.

In solchem Zustand sagte er einmal zu Windeisen: „Siehst du, Romanowitsch, du bist nicht neugierig. Wärest du so neugierig wie überheblich, hättest du Talent. Das kannst du nie mehr nachholen. Jetzt sowieso nicht mehr." Seine Mundwinkel waren weisslich eingetrocknet und die Pupille des linken Auges war so klein, dass das rechte unechte echter aussah als das echte linke.

„Das *ist* eine Zeitung, wohlgemerkt": er machte ausnahmsweise eine umfassende Gebärde, „das ist wirklich eine Zeitung. Du füllst deinen Posten grandios aus." Er kicherte haltlos. „Ich habe dich ausgewählt, Lukianos. Hier wirst du zum Raubtier. Ein Gewehr hast du ja schon gefasst. Nun ist es Zeit, dass ich Muttchen anrufe."

Um Viertel vor zwölf rief er, wie immer, Muttchen an und sagte stets dasselbe: „Wie geht es dir, Muttchen? Hast du Schmerzen? Jetzt nimmst du schön das Essen aus dem Ofen, Muttchen, gell. Und hab einen guten Appetit. Ich komme dann um halb sieben." Und hängte ein. Muttchen war achtzig, aber Muttchen war nicht Bugmanns Mutter, sondern eine Frau, die er bei sich aufgenommen hatte. Muttchen wurde liebevoll gepflegt, denn sie hatte Darmkrebs und solche Schmerzen, dass Josef alle vier Tage in die Apotheke ging und gegen ärztliches Rezept billigstes, wiewohl bestes Morphin bezog, das reichlich für beide reichte.

Knoblauch zeigte sich überhaupt nie in der Redaktion. Er liess sein dynamisches Team gegen Spitzenhonorare schuften. Hin und wieder sah man ihn über die gepflegten Kieswege gehen. Lüscher immerzu drei Schritt hinter ihm, den Regenschirm aufgespannt; ein reiner Zierat; denn der beschirmte Knoblauch wurde weder vor Regen noch vor der Sonne geschützt. Der Schirm diente vielmehr als Baldachin. Symbol hoher Würde.

Nur Frau Knoblauch, fünfunddreissig Jahre jünger als ihr Mann, kam mitunter, um eine Marlboro zu rauchen, auf deren Packung, wie Windeisen wusste, veni vidi vici stand, in die Redaktion, weil Tabakgenuss in der Villa, wo, hatte Bugmann gesagt, mindestens ein Dutzend Picassos hingen, strengstens verboten war.

Es war eine Qual für Windeisen, die Redaktion

aufzusuchen, wo Übelhart immer verzweifelter nach neuen Einordnungsvarianten möglicher Kunden forschte oder Bugmann, in absentia Kurtchens, die Schnur baumeln liess.

Nikodemus Abgottspon hatte sich vor Überanstrengung einen Tick zugezogen. Er zwinkerte unaufhörlich mit den rötlichen Augen, als machte er auf indiskrete Zustände aufmerksam. Nur Jost jasste mit Freude und Hingebung, und wenn er keinen Partner hatte, legte er fidel Patience und trank ausgiebig Bäziwasser dazu.

Bugmann war so gutwillig, dass er seine Kollegen alarmierte, wenn Knoblauch eine dringende Redaktionssitzung einberufen hatte. Solche Mitteilungen auf vertraulicher Basis stellten sich meistens als Nieten heraus, weil Knoblauch entweder auf Reisen oder sonstwie unabkömmlich war, was zur Folge hatte, dass, wenn dann wirklich niemand kam, die Konferenz tatsächlich stattfand, der nur Bugmann und Lüscher beiwohnten.

Solche Konferenzen wurden nur bei klarem Wetter und besonderem Sonnenstand durchgeführt. Knoblauch sass seinem Stab, von einer Aureole umgeben, am hypertrophischen Pult thronend, beinahe unsichtbar gegenüber. Jost, Turnheer, Bugmann, Windeisen, Abgottspon, Andermatt, Übelhart und Lüscher sassen in schnurgerader Reihe viereinhalb Meter vom Schreibtisch entfernt. Dazwischen klaffte das Nichts, gebohnerter Parkettboden glatt wie Eis.

„Und überhaupt, meine Herren, stelle ich fest, dass hier, ob wohl oder übel, nur Herr Ernst Übelhart ernst und hart arbeitet. Und er hatte doch auch einen Hirnschlag, einen *leichten* Gehirnschlag, wohlverstanden, wiewohl wahrscheinlich gravierender als Lüschers Hirnschlag: deswegen verdient Herr Jost auch tausend Franken mehr im Monat als Herr Übelhart: dafür aber ist Jost ja Junggeselle und muss folglich mehr Geld ausgeben als Herr Übelhart, der völlig unnötigerweise einen Neufundländer namens Tasso durchfüttern muss. Ja, noch mehr: Herr Übelhart hat nur seinen gichtbrüchigen Köter im Kopf — in den Resten seines Kopfes: nicht wahr, Lüscher?"

„Jöhöm."

„Oder was meinen Sie, Herr Rindeisen? Warum sind Sie immer noch nicht nach Oberentenweid gezogen?"

„Ich arbeite meistens im Bundeshaus."

Der Lüge widersprach niemand. Alle starrten vor sich hin oder hinüber zum dreifachen Fenster. Ausser den Stühlen, für deren Anzahl Lüscher verantwortlich war, stand kein Mobiliar im Raum. An den Wänden hingen zwei Dutzend Stiche von Schlachtszenen in goldenen Rahmen einander, je zwölf, gegenüber. Nur Andermatt sass einigermassen locker, die Beine übereinandergeschlagen, auf dem Stuhl und grinste Knoblauch jungenhaft an, der gegen Kurtchen nie etwas einzuwenden hatte, so dass Windeisen schwante, einen Falschen ausgewählt zu haben.

„Im Bundeshaus. So so. Im Bundeshaus gibt er zu Protokoll. Da sehen Sie, meine Herren, dass nur Kollega Windeisen eine reale Arbeitsauffassung hat. Er steckt sein Eisen ins Feuer. Hut ab. Er arbeitet im Bundeshaus. Und wenn er nur Papierschnitzel vom Boden aufhebt. Er liefert Beiträge über die Brünigbahn, gegen die Invalidenversicherung, die Schokoladenindustrie und die Nikotinsucht. Undsofort. Geben Sie mir diese Artikel!"

„Sie sind drüben im Büro."

„Dann holen Sie dieselben."

„Wenn ich es mir genau überlege: die Artikel sind im Pressebüro des Bundeshauses, wo ich mich zu akkreditieren gedenke."

„Potz Tausend. Und was tun Sie, Herr Turnheer? Was tut Herr Abgottspon, dessen Mimik zirkusreif geworden ist? Sie treiben sich auf der Redaktion herum. Sie ziehen in dieses Kaff Oberentenweid. Sie kleben am Sessel. Sie sind immer hier. Ein Journalist muss, wie Windeisen, hinaus! Er muss, wie Windeisen, rasend gleich dem Sturm die Welt durchmessen. Nur Windeisen macht Spesen. Hohe Spesen. Das beweist mir, dass nur er arbeitet. So kann das nicht weitergehen. Bereits reifen die Kastanien. Und so reift auch mein Blatt. Aber ich muss Sie darauf aufmerksam machen, dass die Schweizer Mittelland Zeitung nicht wie vorgesehen am ersten September erscheinen kann, sondern erst auf den ersten April nächsten Jahres."

Lüscher, im Schlaf, stöhnte leise, und Jost rieb sich erfreut die Hände, da er als Buchvertreter und Doppelverdiener ein weiteres halbes Jahr auf sicher hatte. Übelhart wirkte erlöst, weil er nun Zeit hatte, sein Register lückenlos nachzuführen, bevor er die potentiellen Inserenten besuchen wollte, um Andermatt, seinem Widersacher, den Meister zu zeigen. Windeisen aber nahm sich fest vor, die Artikel, die natürlich druckreif im Kopf auf Abruf warteten, ins reine zu schreiben.

Obwohl er zuweilen, Spesen für Bildungsreisen und Recherchen inbegriffen, 6000 Franken verdiente, hetzte ihn die Angst, weil er, ohne zu wissen wie, in Schulden geraten war; denn er recherchierte im Zytglogge, im Bali, in der Harmonie, im Falken, im Unteren Juker, im Commerce und im Klötzlikeller ohne Unterlass. Frühmorgens um 11 Uhr enteilte er der klebrigen Matratzengruft, raste zum Mittagsmahl und musste bereits um 15 Uhr ins Kino hetzen, weil sich Bugmann überhaupt nicht um das Kulturelle kümmerte. Er studierte auch das eher untergründige Sittenwesen und war gegenüber einem Fräulein Balzli, welches eine Leihbibliothek an der Moserstrasse betrieb, jedoch abends nach Einbruch der Dämmerung an der Metzgergasse sich selbst zum Verleih anbot, ausserordentlich grosszügig, weil dieses Fräulein mit ihm gegen entsprechendes Entgelt bei weitem phantastischere Sachen betrieb, als er es jemals in einem der Heftchen gesehen. Susi Balzli sagte ihm, dass sie das Geld für ihn anlege, und er war dieser Sache froh.

Abgottspon befand sich im Zustand einer permanenten Nervenkrise. Seine Lider flatterten. Herr Ernst Übelhart ordnete verzweifelt seine Adresskarten in immer kompliziertere Zusammenhänge und Unterordnungen. Er fertigte stets neue Listen von möglichen Kunden aus, die er demnächst besuchen wollte. Seine Einladung zur Bernerplatte war nach wie vor fällig: er wiederholte sie allmonatlich zum Zahltag, wenn Windeisen gehetzt auftauchte und nach Dôle duftete.

Längst spuckten die Ticker, wiewohl intakt, keine Meldungen mehr aus. In die Redaktion drangen weder Fürstenhochzeiten noch Erdbeben, Mondlandungen, US-Massaker oder Dichtergeburtstage. Nur manchmal, wenn Windeisen ganz allein war im Gärtnerhaus und sich ein wenig fürchtete vor der kolossalen Kanone, deren Rohr schräg aufwärts drohte, stellte er die Apparate an und war dann, ihn schauderte, mit der ganzen Welt verbunden. Er füllte die Kübel mit Material. Ein mondiales Allerlei, das die Putzfrau der Kehrichtverbrennung überantwortete.

Um den Herren im ersten Stock zu imponieren, hämmerte er wie wild auf der Maschine herum. Doch es war kein Blatt eingespannt. Die Lettern knallten an die schwarze Walze.

Die Angst, Knoblauch könnte auftauchen, sass allen in den müden Knochen. Doch sein Schädel, dessen Haut über der Silberplatte womöglich so künstlich war wie Bugmanns funkelndes Auge, leuchtete unter Lüschers Schirm nur von weitem. Nie drang ein Geräusch aus der Villa. Reiner Knoblauch, der Knabe, war meistens eingesperrt.

Es fiel schon Schnee, als Windeisen eines Tages die Redaktion verliess. Knoblauch stand vor ihm. Mächtige Atemschwaden, eine Dampfmaschine, wurden durch die Nasenlöcher gestossen. Er trug einen groben Manchestermantel. Auf den schwarzen Gläsern schmolzen Schneeflocken. Lüscher stand drei Meter hinter ihm, den Schirm hoch erhoben. Die Hände in den tiefen Taschen, das brutale Kinn kantig vorgereckt, die drei Furchen wie Schmisse auf den weissen Wangen. „Sehen Sie jetzt", schrie er, „dass der Schnee schwarz ist? Aber Sie sehen nichts. Sie sind blind. Schauen Sie doch! Alles schwarz dort drüben! Ein schwarzer Film auf meinem eigenen Schnee. Ohne Brille ist es noch schlimmer. Das ist mein Land, weit und breit, mein Schnee. Und mein Schnee wird schwarz gemacht. Alles von der Autobahn."

„Das habe ich schon veröffentlicht."

„Wo?"

„In unserer Zeitung natürlich."

Knoblauch stutzte. „Gut gut. Lassen Sie mir die Nummer rüberbringen. Zeigen Sie es den Herren in Bern!" Er stapfte wortlos weiter. Lüscher hinten nach. Windeisen hatte fast in die Hose geschissen vor Angst. Er fühlte sich verarscht.

„Vielleicht", sagte Bugmann beinahe zärtlich, „glaubt er an die Zeitung." Übelhart war den Tränen nahe. Abgottspon, der einen Job an der Churer-Zeitung in Aussicht hatte, liess sich nun vor Freude einen roten Bart wachsen. Er zwinkerte beinahe überhaupt nicht mehr. „Die Zeitung kostet ihn fünfhunderttausend Franken jährlich", schrie Turnheer. Übelhart, nun schluchzend, wies fast unverständlich darauf hin, dass er jetzt noch dringend neue Kunden einordnen müsse. Er könne überhaupt nicht begreifen, dass Andermatt und Jost, die doch von Herrn Windeisen eingestellt worden seien, nicht mehr auftauchten.

„Jost und Andermatt sind eben Praktiker", sagte Windeisen heiser, „sie gehen direkt zum Kunden." In der Tat hatte Andermatt Knoblauch während einer Konferenz einen Stapel von Zusagen für zuweilen sogar ganzseitige Inserate vorgelegt. Windeisen hatte im Nydeggstübli in Anwesenheit der molligen Susi Balzli zugesehen, wie Andermatt diese Bestellungen höchstselbst herstellte. Übelhart aber war nach dieser Konferenz in tiefste Depression verfallen und hatte in seinen Arbeitsräumlichkeiten bitter geweint. „Ich halte das nicht mehr aus. Ich bin überfordert. Die Kunden laufen mir davon. Andermatt schnappt sie mir weg. Dabei will ich allernächstens zu Hoffmann-La Roche, zu Fischer, Pestalozzi, Schokola-Tobler – – und meine Frau? Ist sie vielleicht glücklich in diesem Oberentenweid? War es ihr Wunsch, nach hier zu

ziehen? Sie ist ja nicht die gesündeste. Und Tasso.
Der arme Tasso. Er merkt doch genau, dass Frau-
chen leidet. Werde ich entlassen? Habe ich Pension? Das wäre mein Ende, das wäre mein Ende.
Wenn er nun die Zeitung aufgibt? Was dann? Was
dann? Nur nicht daran denken. Nächste Woche lade ich euch zu Bernerplatte ein." Sein Weinen wurde laut und unbeherrscht.

„Ach Ernst", murmelte Bugmann, krempelte
den linken Ärmel hoch und entfernte sich müde.
Die Schnur hing aus der rechten Hosentasche.

Mit der Zeitung in Chur war nichts geworden.
Abgottspon rasierte den roten Bart wieder ab und
zwinkerte verstärkt mit den Augen. Windeisen,
von der Angst getrieben, bestieg nun die Murksentalbahn wieder häufiger, weil er jeden Tag daran
dachte, Knoblauch könnte ihn entlassen; aber das
war inzwischen unmöglich geworden; denn er hatte eines ausserordentlich lukrativen Geschäftes wegen (Einrichtung eines intimen Salons) für Susi bei
der Bank Prokredit Fr. 20'000.— aufgenommen
und der Geliebten, deren Augen nicht nur vom
reichlichen Dôlegenuss glasig waren, die zwanzig
Riesen hingezählt und sich dafür eine halbe Stunde
im Arsch lecken lassen, was ihm ein hohes Vergnügen bereitete. Die Schuldsumme einschliesslich
Zinsen, belief sich auf über dreissigtausend Franken; aber er war ja solvent. Der auf Bütten ausge-
fertigte Arbeitsvertrag hatte grossen Eindruck gemacht, und so hatte man sich auf die grösstmög-

lichste Rate, ca. 800 Franken monatlich, geeinigt.

Die erste Rate war am 31. Januar fällig. Doch am 28. Januar, als er zu Susi wollte, um sich bedienen zu lassen, war die Tür der Leihbibliothek geschlossen; mehr noch: die Bücher verschwunden, und auf dem Schaufenster stand zu lesen: hier eröffnet am 1. Februar die Firma Hugentobler ihr Staubsaugergeschäft. Er rüttelte vergebens an der Glastür, und er suchte Susi umsonst. Es hiess, sie sei, eine gemachte Frau, nach den Staaten ausgewandert. Die Staaten waren gross, das sah Windeisen ein, als er vor der Weltkarte hinter der Kanone stand.

Etwas musste geschehen. Die Stimmung war fürchterlich. Bugmann, eine Mischung aus Buddha und Ölgötze, verdämmerte hinterm polierten Pult, und Turnheer und Abgottspon standen stundenlang vor den Tickern und vernichteten später, bevor man Zum Fröhlichen Sinn ging und über den harten Schnee vorm wehrhaften zugefrorenen Teich vorbeistapfte, die Nachrichten aus aller Welt, für die sich auch Windeisen, besonders was die Staaten betraf, wieder zu interessieren begann.

Keiner kündigte. Keinem wurde gekündigt. Der Februar war gerettet. Die Rate bezahlt. Doch Windeisen, auf seiner Matratze, die erst gegen Morgen weich und klebrig auftaute und zu duften begann, erwachte fast jede Nacht mit dem entsetzlichen Schrei Jöhöm.

Nach solcher Nacht, völlig kopflos, um sich zu

retten und aus schierer Not, lief er, nachdem er bündelweise unbeschriebene Blätter unter den Arm genommen, durch die kahle Kastanienallee. Der Teich war aufgetaut. Die Pfauen stolzierten. Er hastete über die Zugbrücke hinein ins verwunschene Schloss und hinauf in den ersten Stock, wo er ausser sich vor sittlicher Entrüstung energisch, um die Wichtigkeit seines Tuns und Vorhabens zu signalisieren, an die eichene Doppeltür klopfte. Er wartete das Herein schon gar nicht ab und betrat das eiskalte Büro mit den Darstellungen vieler Schlachten.

Dr. Emil Knoblauch, in der Totalen sichtbar, weil es bleigrau war draussen und traurig verhängt, strahlte Windeisen gönnerhaft an. „Oh. Sie bringen mir Ihre Artikel. Wusste ich doch, dass Sie der einzige sind, der hier arbeitet. Auch mit dem Team ist es wie mit der Zwiebel. Da sind Häute, verstehen Sie. Man wirft sie fort. Wie Andermatt oder Jost oder Übelhart oder Turnheer oder Abgottspon. Aber Sie, Windeisen, Sie werden mit Lorbeer und Nelken besteckt werden zum Mahle. Nähern Sie sich dem Tische hier und legen Sie Ihre Essays getrost darauf: ich werde dem Studium obliegen. Sie sind also zu mir geschritten? Sind Sie numher zum Raubtier geworden? Haben Sie die Anordnung der Allee und des wehrhaften Wassers studiert? Mein Hort als Rose? Denn siehe, ich bin im flammenden Stern eingeschlossen: das Kreuz ist das Vierfache, das sich ins Fünffache erstreckt. Es ist der Geist, der sich nach abwärts vervielfältigt, um in die Kloake der Materie hinabzusteigen, wo er für eine Zeit haften bleibt; aber ich sehe da aus Ihren Werken, dass der Geist trotz seines tiefen Falls aus eigener Kraft wieder aufquillt als Wort. Als Wort. Na ja." Er blätterte im Unbeschriebenen.

„Interessant."

„Eigentlich kam ich, um mich zu beschweren."

„Dann erleichtern Sie sich."

„Ich muss melden, dass auf der Redaktion niemand arbeitet. Diese Bande nimmt Ihr gutes Geld. Sie werden verlacht, Herr Doktor. Nehmen Sie beispielsweise Übelhart: er hat noch keinen einzigen Kunden, keinen potentiellen Inserenten besucht. Er sitzt im Büro, schaut Heftchen an und trinkt Schnaps. Oder Herr Jost: er obliegt einer anderen Beschäftigung, er verdient zusätzlich als Vertreter von Verlagen. Oder Herr Andermatt: er legt Ihnen gefälschte Bestellungen vor. Oder die Herren Abgottspon und Turnheer, dessen Doktortitel eine Fälschung ist, verkehren vor dem Telex miteinander, Sie verstehen. Oder alle jassen. Und dieser Bugmann spritzt sich dauernd Morphium. Es ist ungeheuerlich, was da geschieht. Meine dreiundvierzig Artikel, die ich geschrieben habe, sind heute morgen unauffindbar gewesen. Ich habe sie überall gesucht. Sie sind vom Feind vernichtet worden. Dreiundvierzig Artikel! Über die Brünigbahn, eine Analyse über die IV, ein Report über den Jura. Und statt ihrer finde ich hier diese leeren Blätter, die ich Ihnen als Beweisstück bringe. Man hat sie an die Stelle der Originale gelegt. Meine dreiundvierzig Artikel mit einem Stoss Makulatur vertauscht! Es ist entsetzlich. Ich wollte Ihnen das nur mitgeteilt haben. Vielleicht müsste man den Stab auswechseln. Ich bin ganz auf Ihrer Seite. An mir soll es nicht fehlen. Ich könnte sechs fähige Mitarbeiter suchen."

„Da haben Sie völlig recht, Windeisen. Da haben Sie mir aber nun wirklich auf den Sprung geholfen. Ich wollte da schon längst Remedur schaffen. Schon längst." Windeisen schöpfte Mut und verbeugte sich mehrmals tief gegen Knoblauch. Er hatte auf der ganzen Linie gesiegt. Die ungetreuen Mitarbeiter waren hinweggefegt. Knoblauch klopfte gegen die Kopfhaut, die das Silber pergamenten umspannte. „Ich werde das der Konferenz mal vorspielen. Das haben Sie gut gemacht. Das ist nun wahrhaftig kein Windei." Er drückte auf einen Knopf. Leises Knacken. Dann Windeisens Stimme: „Ich muss melden, dass auf der Redaktion niemand arbeitet. Diese Bande nimmt Ihr gutes Geld. Sie werden verlacht, Herr Doktor. Nehmen Sie beispielsweise Übelhart: er hat noch keinen einzigen Kunden, keinen potentiellen Inserenten – –" Knoblauch stellte das verborgene Gerät ab.

„Ich habe das natürlich nicht so gemeint", sagte Windeisen heiser.

„Worauf warten Sie denn? Haben Sie nichts zu

tun? Sie sind doch der reinste Lukianos. Wovor fürchten Sie sich? Ich habe mich von Ihrem Talent überzeugt. Ich selbst war es, der heute morgen früh Ihre dreiundvierzig Artikel im Gärtnerhaus geholt und sie mit den Blättern hier vertauscht hat. So ist brav. Jetzt ist reiner Geist zurückgekommen. Reiner Knoblauch. Das Unbeschriebene. Das Keusche. Gehen Sie in Frieden!"

Windeisen schlich hinaus. Ihm war speiübel. Seine toten Augen staubig schwarze Steine. Die Mundwinkel, zum schiefen Grinsen verzogen, mit trockenem Speichel verklebt. Er stank fischig vor Angst. Bugmann betrachtete ihn, die Fingerspitzen aneinandergelegt, voll düsterer Neugierde. Sein künstliches Auge glitzerte misstrauisch. Windeisen wollte die Flucht ergreifen, als Übelhart, ein klappriges Schlossgespenst, unruhig durch die Räume geisterte. Unten tickten die Fernschreiber. Abgottspon und Turnheer vernichteten Fürstenhochzeiten, Literaturpreise und Nixon. Andermatt und Jost, fidel, jassten zu zweit: ihr fröhliches Gelächter drang vom ersten Stock herunter. Er lief hinaus. Er musste weg. Knoblauch hatte ihn verhöhnt. Was wollte er? Warum war Knoblauch auf die dreiundvierzig ungeschriebenen Artikel eingegangen? Und das Tonband. Weg! Aber Adalbert zischte ihn an. Und Lüscher kam ihm entgegen. Er schleifte den Schirm nach. In der Linken aber trug er einen kleinen Koffer. Das Kanonenrohr starrte in stählerner Satyriasis zur obersten Fensterfront empor. Die Weltkarte dahinter, vergilbt, so alten Datums, dass man auf dem afrikanischen Kontinent weisse Flecken sehen konnte.

Lüschers Löckchen über der runden Stirn nass. Er schnaufte schwer, als er den herbeigetretenen Herren je einen Bogen feinsten Büttens, handgeschöpft und mit Wasserzeichen, neunziggrämmig, feierlich, aber nicht ohne leises Stöhnen, überreichte. „Sehr geehrter Herr Windeisen", las Windeisen, „leider kann die Schweizer Mittelland Zeitung noch nicht wie vorgesehen diesen Frühling erscheinen. Wir bedauern, dass wir gezwungen sind, unser Verhältnis auf den 1. April 1972 zu lösen. Bis zum Austritt ersuchen wir Sie, keine Spesen mehr für die Zeitung zu verursachen, wir könnten Sie nicht entschädigen. Sobald der Erscheinungstermin der Zeitung bekannt ist und feststeht, werden wir uns bei Ihnen melden, und wir hoffen, dass wir dann auf Ihre Mitarbeit als Redaktor zählen können. Frdlst, Dr. E. Knoblauch. Oberentenweid, den 28. Februar 1972."

Die Luft war schwer wie blutgetränkte Watte. Übelharts Kinn hing weit hinunter. Ein Ächzen war in seiner Brust. Man stellte eben fest, dass alle Briefe, ausser derjenige an Bugmann, desselben Inhalts waren, als Knoblauch mit dem Wolfshund Lucky eintrat. „Ah. Ich sehe, hier wird ernst und hart gearbeitet. So ist brav."

„Am ersten April lade ich euch alle zu Bernerplatte ein", schluchzte, gänzlich enthemmt, Ernst Übelhart.

„Lassen Sie die Aprilscherze, Übelhart! Leiden Sie an Heuschnupfen? Um diese Jahreszeit? Ein *leichter* Hirnschlag sollte doch wohl genügen. Heute haben wir den achtundzwanzigsten Februar. Und es ist nicht einmal Ultimo, lieber Herr Übelhart, denn morgen ist der neunundzwanzigste Februar, weil wir heuer, meine Herren, 1972, ein Schaltjahr schreiben, das, wie Sie als Gebildete wissen, nur alle vier Jahre stattfindet. Grosse Wechselfälle des Lebens kommen oft in Schaltjahren vor. Das betrifft natürlich nicht Herrn Bugmann. Er garantiert mir für ein dynamisches Team, ein junges Team, ein angriffiges, witziges, wendiges, sozusagen rasendes Team. Mach Platz, Lucky. So ist brav. Lüscher: bauen Sie den Apparat auf."

Windeisen wurde schlecht. Er wollte hinauslaufen. Doch Lucky hechelte auf der Schwelle und schaute ihn mit viel Weiss in den Augen an. In einer Ecke stand der Regenschirm. Jost trat höchst interessiert und belustigt zu Lüscher, der das Band eben zurücklaufen liess. Windeisen sass verkrümmt auf dem Stuhl. Er sah aus, als träumte er schwer, als er sich ans Herz griff; aber in der Busentasche befand sich nicht die Postkarte Bugmanns, sondern knisterte der schwefelgelbe Darlehensvertrag mit der Bank Prokredit.

„Ich habe aber doch gar keinen Heuschnupfen", brachte Übelhart noch hervor, wonach ihm die Nerven gänzlich durchgingen. Sein Kopf war unbegreiflicherweise dunkelrot geworden. Abgottspon trillerte mit den Lidern. Bugmanns poröses Gesicht grauer Tuffstein. Jost wurde von lautlosem Lachen geschüttelt, sein Atem roch nach Bäziwasser. Knoblauch zeigte, wie der Hund, wölfisch weisse Zähne und schob den Unterkiefer vor. Windeisen starrte ihn wie hypnotisiert an: auch er schob nun den Unterkiefer wie unter Zwang vor und fühlte dabei ein wenig wachsende Kraft.

„Sie haben den blauen Brief zur Kenntnis genommen? Den blauen Brief, seit einiger Zeit schon geschrieben, aber auf heute datiert, also zur Kenntnis genommen? Alle miteinander? So ist brav. Das wird mir jedermann gleich anschliessend unterschriftlich bestätigen. Damit kann ich Portospesen sparen. Rein theoretisch können Sie ja wieder eintreten, nicht wahr. Rein theoretisch, Herr Übelhart. Doch freuen Sie sich nicht zu früh. Aber ich zweifle nicht an Bugmanns Talent, *unverbrauchte* Kräfte zu engagieren. Sie sind vielleicht alle ein wenig überarbeitet. Schauen Sie nur Herrn Übelhart an. Was ist Ihnen? Neigen Sie zur Apoplexie? Ein zweiter, *leichter* Schlaganfall wäre wirklich vom Übel. Hart dagegen ankämpfen! Tief durchatmen. Nicht wahr, Lüscher?"

„Jöhöm."

Er tigerte die teuren Stahlmöbel entlang, riss die auf Rollen laufenden Schubladen auf, die, alle leer, mit keinem Manuskript zweckentfremdet waren, und fuhr fort: „Wenigstens war das Team aufeinander abgestimmt. Das ist immerhin etwas. Sind

Sie soweit, Lüscher?" Dieser drückte auf den Knopf. „Halt", krächzte Windeisen; aber seine Stimme wurde von der eigenen übertönt: „Ich muss melden, dass auf der Redaktion niemand arbeitet. Diese Bande nimmt Ihr gutes Geld. Sie werden verlacht, Herr Doktor. Nehmen Sie beispielsweise Übelhart: er hat noch keinen einzigen Kunden, keinen potentiellen Inserenten besucht. Er sitzt im Büro, schaut Heftchen an und trinkt Schnaps — —"

Windeisen sass noch verkrümmter. Auf der Schwelle aber lauerte Lucky. Würgen war in der Kehle. Sein Mund stand offen.

„— — vielleicht müsste man den Stab auswechseln. Ich bin ganz auf Ihrer Seite. An mir soll es nicht fehlen. Ich könnte sechs fähige Mitarbeiter suchen."

„Eine Fälschung", lallte Windeisen, „ein Bauchredner, ein Stimmenimitator, ich bin unschuldig — — Sehen Sie nur: mein Werk an der Wand, an der Wand! Das Plakat! Weltformat! Mein Slogan! Schweizer Mittelland Zeitung — erscheint einmal in der Woche — Sie lesen sie jeden Tag — — die jüngste Zeitung mit der ältesten Tradition — — mein Werk, mein Werk!" Und er wies auf die Plakate, die tatsächlich die leeren Wände schmückten: grün auf weissem Grund.

„Sie haben sich mit Bugmann verwechselt, mein Lieber! Er allein wird um ein taufrisches Team besorgt sein, nicht wahr, Bugmann?"

Bugmann gluckste. Seine rechte Augenhöhle war leer. In der Hand hielt er das Glasauge, und er betrachtete es ununterbrochen in sich hineinglucksend, bis es ihm entfiel. Es rollte, unglaublich gross, eiförmig, wackelnd dem Hund entgegen, der hochschoss und es schnappte. Nicht auszumachen, ob er das Glasauge geschluckt hatte. Übelhart rang, nun bläulich, nach Luft.

„Je nun", schnarrte Knoblauch und schritt zakkig zur Tür, „dann quittieren Sie mal den Empfang des Schreibens. Bevor die Zeitung erscheint, *demnächst*, wird hier bis zum ersten April *hart* gearbeitet. Nicht wahr? Denn ohne Arbeit, meine Herren, wird der Mensch zum Raubtier. Sehen Sie Herrn Andermatt an: das reinste Raubtier aus der Innerschweiz. Er wird sich sogleich auf Tornadogold stürzen und ihn zerfleischen. Herrliche blonde Bestie in seiner Wut. Höchst interessant. Panem et circenses kann ich da nur sagen. Ach übrigens, Herr Bugmann: Ihr Auge, wie ich Lucky kenne, die alles, buchstäblich alles schluckt, wird sich auf natürlichem Umweg wieder finden lassen. Ich beauftrage hiermit Herrn Tobias Romanowitsch Windeisen, dessen dreiundvierzig Artikel ich Herrn Bugmann zum Studium empfehle, den Stuhl Luckys, den sozusagen Heiligen Stuhl also, mit Akribie auf das Auge des Geistlichen zu untersuchen, damit Herr Bugmann bei der Auslese des jungen, dynamischen Teams nicht mit Blindheit geschlagen sein möge. Lüscher, den Schirm!"

Gloria

Selbstbefriedigung, das wusste Gloria, war sünd-
haft. Deshalb wünschte sie, sich der Schulkamera-
din, die neben ihr sass, anzuvertrauen, damit die
Sünde geteilt sei. Glorias Annäherungsversuche
scheiterten. Wenn Gloria ihr Knie gegen den
Schenkel der Auserwählten drückte, zuckte die
Freundin zurück.

Gloria kannte die Grenze. Das Spiel mit dem
Knie wirkte zufällig. So musste sie keinen Vorwurf
gewärtigen. Wenn der Freundin die Berührung angenehm gewesen wäre, so hätte sie einen zärtlichen
Gegendruck ausüben müssen. Es geschah indessen
nicht. Gloria litt darunter. Sie hoffte, ihr Spiel mit
dem Knie werde nicht durchschaut.

Anderen Mädchen wagte sich Gloria nicht zu
nähern. Ihre Wünsche umkreisten nur die Pultkameradin. Sie bildete sich jede Nacht ein, das be-
gehrte Mädchen sässe nackt auf ihrem Bauch. Sie
stellte sich Düfte vor. Eine zarte Mischung aus Moschus, Vanille und Urin. Blassblaue Schenkel des
Phantoms. Allmählich genügte ihr nur die Vorstellung, und sie begann sich mit ihren Träumen einzu-
spinnen und verpuppte sich. Sie wünschte nicht
einmal mehr, dass ihre gedanklichen Ausschwei-
fungen wirklich würden. Die Monotonie der Bilder bedurfte keiner Veränderung. Das Mädchen
sass nackt auf Glorias Bauch und verströmte seine
Düfte. An dieser Einbildung hielt sie zäh fest. Es
fiel ihr nicht ein, sie zu erweitern.

Das Spiel mit dem Knie hatte sie längst aufgegeben. Doch sie malte sich tagsüber aus, während der Nacht sei alles geschehen, und eine Gewohnheit hätte sich eingestellt, über die zu sprechen sich nicht mehr lohnte.

Die Pultkameradin begann eine Schneiderinnenlehre, und Gloria trat ins Lehrerinnenseminar ein. Dort dachte sie noch immer an die ehemalige Mitschülerin, obwohl viele Mädchen im Schlafsaal lagen. Manchmal hörte Gloria ein Kichern, und sie erstarrte im Bett, weil sie ahnte, dass sich einige Mädchen liebten. Sie sehnte sich nach Umarmungen, wagte jedoch nicht, sich einer andern Seminaristin anzuvertrauen. Vielmehr verbarg sie sich hinter einer heuchlerischen Keuschheit. Sie legte besonders im Religionsunterricht grossen Eifer an den Tag und leistete im Französischen Vorzügliches. Eine Musterschülerin also und nach kurzer Zeit Klassenerste. Sie hielt als Achtzehnjährige einen Vortrag über Luther, Zwingli und Calvin. Der Vortrag wurde in der „Protestantischen Rundschau" abgedruckt und erregte Aufmerksamkeit, so dass ihr die Theologische Fakultät einen Anerkennungspreis zusprach, der Gloria berühmt und unanfechtbar machte. Sie verlor ihre Anmut, und ihr Gesicht, mit einer gelben Brille verunziert, begann hager und streng zu werden.

Während langer Nächte lauschte sie nach hörbaren Zeichen der Zärtlichkeit. In ihrer Erregung stellte sie sich noch immer vor, die ehemalige Pultkameradin sässe auf ihrem Bauch. Diese Phantasie weitete sich allmählich aus; denn es bereitete Gloria Lust, ihr Phantom zu erwürgen. So musste die angehende Schneiderin für ihre damalige Sprödheit büssen. Wenn Gloria zu Bett ging, war das Phantom lebendig. Es sass auf ihr und spreizte die Schenkel und wurde erwürgt. Gloria fühlte sich befreit. Am Morgen war das Phantom tot und abends zu neuem Leben erwacht, um es wieder zu verlieren.

Gloria wurde gemieden. Das gefiel ihr. Sie fühlte sich erhaben. Sie litt gern unter ihrer Einsamkeit. Neid umpanzerte sie. Sie galt als keusch, fromm und spröde. Sie lachte selten. Ihre gelbe Brille verlieh ihr etwas Kluges und zugleich Lauerndes.

Mit der Zeit tauchte das Phantom nicht mehr jede Nacht auf. Gloria begann sich selbst zu lieben, besonders wenn sie zuhause in Ferien war. Dort war sie frei und in ihrer Dachkammer unbeobachtet. Sie betrachtete ihren Körper in der Fensterscheibe. Einen Spiegel besass sie nicht, doch das spiegelnde Fensterglas erfüllte den Zweck besser als ein Spiegel, der Gloria wirklich widergespiegelt hätte: mager und knochig. Die Fensterscheibe schmeichelte ihr, und sie konnte sich zuflüstern: „Sieh, das bist du!" Sie legte sich ins Bett und dachte an ihre Schönheit. Der starke Druck ihrer gekreuzten und gebeugten Oberschenkel genügte ihr nicht mehr. Sie tat es mit der Hand, hin und wieder mit dem Geigenbogen.

Die Violine war das einzige, was sie ausser sich

selbst liebte, ein mattschimmerndes Instrument. Sie spielte sozusagen ohne Vibrato. Der Vortrag glich ihrer Handschrift: streng und kühl und ohne Schnörkel. Der Tag war dem Fleiss und der Ausdauer gewidmet und ein Teil der Nacht einer sachlichen und immer mechanischer vorgenommenen Selbstbefriedigung. Sie hielt diese nicht mehr für sündig, weil sie, je älter sie wurde, keine Phantasie mehr hatte.

Das Phantom war vergessen; auch Glorias Spiel mit dem Geigenbogen wurde selten.

Als sie Lehrerin geworden war, legte sie sich Härte auf. „Das ist vorbei", sagte sie sich. Es fiel ihr nicht schwer; denn ihr Beruf befriedigte sie vollkommen. Sie hielt auf Zucht und Ordnung. Kleidete sich schlicht. Straff nach hinten gekämmtes Haar. Die gelbe Brille sass korrekt auf der Nase. Im Schulzimmer herrschte ihre Stimme dünn, aber durchdringend.

Gloria hielt sich sauber. Sie badete jeden Samstag. Am Sonntag ging sie zur Kirche.

Gloria gefiel sich in ihrer altmodischen Kleidung. Das Unschickliche der Zeit prallte an ihr ab. Sie hielt sich an Fontane und die Violine. Mit dem Bogen in der Hand fühlte sie sich als Herrin. Und zirpte dann gespanntes Pferdehaar über straffe Därme, so war sie Meisterin eines züchtigen Spiels. Manchmal errötete sie, wenn ihr einfiel, wozu der Bogen früher gedient hatte. „Mädchenzeug", schalt sie sich. Trotzdem fühlte sie immer ein Prikkeln, wenn sie die Geige zwischen das spitze Kinn und die eckige Achsel einklemmte. Sie spielte Bach. Niemand begleitete sie.

Einmal las sie eine Anekdote über Kaiser Wilhelm I. Dieser war in einer Schulstube zu Gast. Die Kinder wurden befragt, was sie vom Kaiser hielten, worauf alle, als sprächen sie vom Lieben Gott, riefen: „Wir fürchten unsern Kaiser", so dass dieser, den Stock hebend und fuchtelnd, donnerte: „Lieben sollt ihr euren Kaiser! Lieben!"

Da Fontane ein Zeitgenosse jenes Kaisers war, hielt Gloria die Anekdote in Ehren; sie kam sich als tragische Figur vor; denn ihre Schulmädchen fürchteten sich sehr vor ihr und liebten sie nicht.

Gloria unterrichtete Deutsch, Französisch und Geschichte. Drei Hauptfächer. Deshalb entschied sie über Versetzung oder Sitzenbleiben. Ihre Schülerinnen folgten dem Unterricht verängstigt. Glorias strengen Blicken hinter den Brillengläsern entging nichts. Sie genoss die Fügsamkeit der Mädchen. Alles war ihr vertraut: die knospenden Brüste. Die sündigen Gedanken. Der Schweiss. Das Feuchte zwischen Schenkeln. Der Dunst junger Leiber.

Sie verteilte Gunst und Ungunst völlig erhaben. Sie erkor jedes Schuljahr drei Prototypen: Die Gelobte, die Getadelte, die Gefallene. Die Gelobte war immer beispielhaft, und ihr gesellte sich eine Gruppe weiterer Mädchen bei. Die Getadelte und ihresgleichen durften von den Gelobten ausgelacht werden. Gloria liebte weder die Gelobten noch die Getadelten. Ihre verbissene Aufmerksamkeit galt nur der Auffallenden: das war die Gefallene, und diese hatte nichts zu lachen; denn es stand in Glorias unerschütterlichem Ratschluss, ein solches Mädchen das Schuljahr wiederholen zu lassen.

Liess sich eine Getadelte das Geringste zuschulden kommen, musste die Klasse im Arrest nachsitzen oder Strafaufgaben machen. So hassten die Gelobten die Getadelten. Um das Spiel zu würzen, mussten die Gefallenen niemals nachsitzen und auch keine Strafaufgaben lösen, und das hatte zur Folge, dass diese zwei drei Mädchen von allen gemeinsam verfolgt und gequält wurden.

Glorias Lob oder Tadel wurden hingenommen; doch weder gelobt noch getadelt zu werden, war schlimm. Die Gefallenen wussten nie, woran sie waren. Auf irgend eine Art glichen die Gefallenen immer dem längst verdrängten Phantom. Glorias Instinkt warnte sie vor Sympathie. Nur der Hass war einigermassen erträglich. Sie zog sich zurück, hielt sich aber immer auf dem Laufenden. Sie besuchte gemeinsame Ausflüge oder Zusammenkünfte selten und schützte irgend eine Beschäftigung vor, um sich danach hintergangen zu fühlen: das schuf ihr den Vorwand zum Schmollen. Sie liess keine Gelegenheit aus, Intrigen anzuzetteln.

Sie quälte ihre Opfer immer ohne Zeugen. Gegen Schluss des Schultages sagte sie nur: „Ach Mathilde", oder wie das Opfer gerade hiess, „bleib doch noch einen Augenblick hier!"

„Deine Leistungen", begann sie etwa, „lassen zu wünschen übrig. Hast du dir schon vorgestellt, wie gross die Schande ist, wenn du sitzenbleibst? Kannst du dir diese Schande wirklich vorstellen? Du musst dich doch vor den anderen Schülerinnen schämen? Auch vor deiner Freundin? Hast du eine Freundin? Eine, der man alles sagen darf? Auch Vater und Mutter werden traurig sein? Ach, Kind, an deiner Stelle fände ich kaum mehr Schlaf. Wirst du überhaupt noch schlafen können vor Angst? Hast du dir das alles schon vorgestellt? Ja, Mathilde: wir fürchten, wir fürchten sehr, wir fürchten wirklich sehr, dass du sitzenbleibst. Oder willst du noch hoffen, nach diesen Zensuren? Willst du wirklich hoffen? Ich bin da nicht sicher, Mathilde, da hegen wir einige Zweifel! Ja ja, Hoffnung, Zweifel, Angst und Schande. Ich weiss nicht, Mathilde, ich weiss nicht recht ..." Sie liess ihr Opfer im Ungewissen, indem sie zweifelnd schwieg. Ihr Hass wurde geschürt, wenn das betreffende Mädchen die Drohungen gelassen hinnahm; weinte es jedoch, empfand Gloria Genugtuung, und sie tröstete das Opfer, mahnte zur Einsicht und sah es befriedigt schon sitzenbleiben, damit es ihr ein weiteres Jahr ausgeliefert sei.

In kargem Gebet dankte Gloria jeden Sonntag dafür, dass sie keusch und Jungfrau geblieben war. Sie sang im Frauenchor, präsidierte die „Liga gegen den Alkohol" und ergraute gegen Vierzig als verdiente Pädagogin. Sie bewohnte eine Dreizimmerwohnung. Sie kochte allein. Sie putzte allein. Besuche empfing sie selten; es sei denn ein Vereinsmitglied der Liga: Jungfern, die vor Glorias verdorrter Lauterkeit in Ehrfurcht bebten. Ihre Welt war festgefügt. Als Geschichtslehrerin lehrte sie Gipsgriechen ohne Unterleib, verweilte bei dorischen Säulen, pries die Zucht der Spartaner, überging das Mittelalter, drehte den Mädchen aus Luther, Zwingli und Calvin verhängnisvolle Stricke, hing die Gefallenen daran auf, strafte wegen der Reformatoren die Gelobten, weil die Gefallenen versagt hatten, um danach Madame Pompadour als Gipfel aller Sünden hinzustellen, wogegen Kaiser Wilhelm I und Bismarck als Hüter der Ordnung galten. Von Hitler, der damals auf dem Höhepunkt der Macht war (Gloria bewunderte ihn sehr), sprach sie aus Neutralitätsgründen nicht. Sie war Schweizerin. Darauf pochte sie.

Büttikofer Gloria, zweiundvierzig Jahre alt, erhielt am 23. Mai 1944 von der Metzgerzunft einen Brief, in dem höflich angefragt wurde, ob Fräulein Büttikofer ein zwölf Monate altes, noch ungetauftes, von christlichem Fräulein geborenes, uneheliches, gesundes Mädchen gefl. zu adoptieren gewillt sei.

Gloria verbat es sich, krank zu sein. Jeden Schnupfen, jeden Husten bekämpfte sie mit Kräutertee oder schlimmstenfalls Aspirin, und sie hielt auch verschnupft Schule. Einundzwanzig Jahre lang hatte sie keine Stunde gefehlt, und daran sollte sich bis zum silbernen Jubiläum nichts ändern und auch später nicht. Der Brief der Metzgerzunft hatte ihr den Schlaf geraubt. Sie lag wach und drehte sich hin und her, sorgte sich und überlegte. Zweifelte. Verwarf. Hoffte.

Am Morgen fühlte sie sich fiebrig, matt und müde. Feiner Regen fiel. Die Eisheiligen waren vorbei. Während des Unterrichts tadelte und lobte sie nicht, und die Schülerinnen fürchteten sich, als sie sahen, wie Gloria gedankenverloren lächelte.

„Ach Mädchen, seht nur, der Mai ist gekommen, und nach dem Regen scheint die Sonne. Lasst uns eine Minute fröhlich sein", rief Gloria mit dünner Stimme, „lasst uns die Fenster öffnen, um zu sehen, wie der Herrgott unsere schöne Natur erschaffen hat!" Die Mädchen sahen hinunter auf den grauen Asphalt des Schulhofes, wo drei eisenumzäunte Kastanien wuchsen. Während sie hinausschauen mussten, flüsterte ein Mädchen: „Sie ist übergeschnappt!"

Danach durften sich die Schülerinnen still beschäftigen, und Gloria tat an ihrem Lehrerpult etwas, das sie bis zu jener Stunde nie gemacht hatte: sie arbeitete für sich. Eine reine Privatsache; denn sie schrieb an den Meister der Metzgerzunft und bat um Bedenkzeit.

„Ihr dürft ruhig miteinander sprechen, wenn ihr es leise tut, Mädchen!" Doch die Schülerinnen machten von diesem noch nie dagewesenen Angebot keinen Gebrauch, und sie waren während der Pause erregt und verwirrt. Sie mutmassten, was der Büttihexe, so wurde Gloria seit zwei Jahrzehnten genannt, zugestossen sei; ob sie krank; übergeschnappt; oder gar verliebt. Sie wird sicher heiraten! Ach, der Ärmste. Oder hat sie eine Erbschaft gemacht? „Vielleicht erwartet sie ein Kind", sagte ein Mädchen; und ein anderes: „Das kann sie wohl kaum selber machen"; und ein anderes: „Pfui! Pfui!" Sie kicherten. „Vielleicht heiratet sie den Oberlehrer!" – „General Guisan hat sie gevögelt!" – „Pfui!" Es wurden viele Namen aufgezählt.

Gloria konnte auch während der nächsten Nacht nicht schlafen. Anderntags, während einer Geschichtsprobe über die englischen Quäker, stiess es ihr zu: sie nickte ein. Sie schnarchte mindestens zwanzig Atemzüge lang. Das Kinn wurde von den Spitzen ihrer Bluse umrüschelt. Die Mädchen starrten schweigend auf die Lehrerin. Keines wagte sich zu rühren, und alle atmeten kaum. Mit einem eigentümlichen Piepsen fuhr Gloria plötzlich hoch. Die gelbe Brille rutschte auf den Nasenrücken. „Wollt ihr wohl ruhig sein", schrie sie in die Stille, „heute sitzen alle nach! Alle! Nein! Ihr nicht, Mathilde, Ruth und Anna, euch will ich gar nicht mehr sehen!" Gloria hieb mit flacher Hand aufs Lehrerpult. Ihr Entschluss war gefasst. Sie wollte das Kind adoptieren, und so schlug sie zur Bekräftigung noch einmal, diesmal mit geballter Hand, aufs Pult, so dass die Vase mit den Frühlingsblumen leise klirrte auf dem gläsernen Unter-satz.

Mit sorgfältiger Handschrift, ohne jeden Schnörkel, schrieb sie an die Metzgerzunft und gab ihr Einverständnis, das Mädchen zu adoptieren. Sie kaufte Literatur für werdende Mütter und studierte mit Ausdauer und Fleiss. Sie folgte den Anweisungen für das Schwangerschaftsturnen und machte, gewissenhaft den stilisierten Skizzen und Anweisungen folgend, die erforderlichen komplizierten Leibesübungen. Sie bildete sich ein, ihre Brüste wüchsen und war erpicht auf Hygiene. Kindernahrung, Windeln, Häubchen, Bettchen, Wikkeln, Pudern, Körperpflege und vieles mehr waren ihr nach kurzer Zeit vertraut. Sie hatte das Mädchen inzwischen gesehen, und es hatte ihr keineswegs gefallen; aber so sind alle Kinder, tröstete sie sich. Ein Säugling noch. Im Kinderspital hatte sie das Kind besucht. Gloria hatte sich übers Bettchen gebeugt und in die tiefdunklen Augen des kleinen Wesens geschaut, und das Kind hatte zu weinen begonnen.

Sie setzte ein Inserat auf: „Lehrerin, Fräulein, sucht aufopfernde Person, die gewillt ist, ein zwölf Monate altes Mädchen tagsüber zu betreuen." Gloria überlas den Entwurf. Hastig setzte sie hinzu: „Es handelt sich um ein angenommenes Kind." „Angenommenes" unterstrich sie. Danach ersetzte sie „angenommenes" mit „adoptiertes" und schrieb das ganze Inserat neu, um es im „Anzeiger für die Stadt" einrücken zu lassen. Aber sie zerriss alle Entwürfe und entschloss sich, sobald das Kind bei ihr sei, es tagsüber in eine Krippe zu bringen. Gloria kaufte keinen Schnuller. Das Mädchen sollte spartanisch erzogen werden. Gloria rechnete ihr Vermögen zusammen. Fünfundzwanzig Jahre währender klug dosierter Geiz hatte sich gelohnt.

Als vor den Ferien alles sorgfältig vorbereitet war, gab Gloria während einer Lehrerkonferenz bekannt, ein Kind adoptiert zu haben. Alle Kollegen waren schlau genug, Beifall zu spenden. Sie sprachen von Moral und Menschenpflicht, vom Zweiten Weltkrieg, den die Schweiz gewonnen hatte, vom Elend in der Welt und von der Invasion. Andere Jungfern halten sich Katzen, Hunde, Kanarienvögel, Schildkröten, Zierfische oder allenfalls Meerschweinchen. Gloria wollte sich ein Mädchen halten.

Sie holte das Kind zur gegebenen Zeit ab, brachte es in die Dreizimmerwohnung und war vollkommen hilflos. Ein Kind sprach in diesem Alter nicht, es weinte nur, und Gloria, eingedenk der Lektüre für angehende Mütter, entschloss sich zu glauben, das Kind habe Bauchschmerzen. Sie schwankte zwischen mildem Fenchelaufguss und lindem Kamillentee, und sie verwarf alle Theorie, indem sie sich, als das Kind unentwegt schrie, zu beidem entschloss: Fenchelaufguss und ein wenig Kamille dazu: schaden konnte es bestimmt nicht.

Schon Grossmutter sagte immer, dass doppelt genäht besser halte. Sie braute den Absud. Nicht zu heiss und nicht zu kalt musste er sein, schön abgefüllt in die hygienisch ausgekochte Flasche mit Gummischnullerverschluss. „Trinki trinki schöni schöni Fenchi Fenchi Kamilli milli!" Das Zureden half nichts. Das Kind schrie jämmerlich. Gloria zwang ihm den Schnuller ins Mäulchen und befahl energisch, jetzt zu trinken und lockte wieder und benahm sich so, als flösse sie dem Kind Gift ein und nicht wohltuende Kamille und heilsamen Fenchel, ihre wohldosierte Mischung. Endlich trank das Kind, verzog den Mund, übergab sich. Bestimmt ist es voller Kot und Urin, dachte Gloria und entkleidete das Kind. Aber das Kind war trocken und sauber. Gloria schwitzte. Sie blies eine Strähne ihrer in Unordnung geratenen straffen Frisur aus der Stirn, nahm das Kind ratlos in die Arme und weinte. Sie stellte sich ungeschickt an, und das Kind packte mit seinem Händchen die gelbe Brille und warf sie zu Boden. Gloria zwinkerte kurzsichtig. Ihr Gesicht wirkte nackt.

„Was habe ich bloss angestellt!" Das rechte Brillenglas war gespalten. Sie zerschnitt sich Daumen und Zeigefinger, als sie das Glas aus der gelben Fassung brechen wollte. Die Milch lief über. Das Kind weinte. Gloria war erschöpft. Sie sass auf dem Küchenstuhl. Sie hatte die Brille wieder aufgesetzt und konnte wenigstens mit dem linken Auge durchs noch intakte Glas sehen. Sie fühlte sich erlöst, als sie entdeckte, dass das Kind schlief. Auf den Zehenspitzen schlich sie durch die Wohnung.

Die Gewohnheit siegte. Gloria begann die Anleitungen für werdende Mütter zu vergessen, brachte das Kind morgens in die Kinderkrippe und liess es bald darauf auf den Namen Bettina taufen. Der Name gefiel ihr. Bettina Büttikofer. Abgekürzt B.B. „Mein Bébé", sagte sie, „mein Bébélein!"

Kurz nach der Taufe, Gloria hatte, es war Samstag, eben gebadet, nahm sie Bettina an die Brust. Das Kind rundete die Lippen und begann zu nukkeln. Enttäuscht, dass sein Saugen erfolglos blieb, weinte es. Gloria reichte ihm die andere Brust und sagte, während das Kind vergebens schmatzte: „Da ist halt nichts drin." Aber sie genoss das Lustgefühl, das stärker war als die Enttäuschung über ihre Jungfräulichkeit. Bettina spielte mit den kargen Brüsten, und Gloria atmete heftig. Dann schämte sie sich, entschied aber, es sei nur ein Versuch gewesen, ein So-tun-als-ob: jede Mutter reiche ihrem Kind die Brust.

Bettinas erstes Wort war Mama. Gloria wollte das erste Wort immer wieder hören. Zum erstenmal blieb in ihrer Klasse kein Mädchen sitzen. Alle Getadelten waren zu Gelobten aufgerückt, und selbst die Gefallenen wurden zu Getadelten erhoben. Glorias Augen waren feucht, als sie jedem Mädchen viel Glück für das letzte Schuljahr wünschte.

Bettina begann zu plappern, und Gloria bemerkte bald, wie gescheit das Kind war. Sie fasste den Entschluss, Bettina solle Ärztin werden. Das Kind lernte lesen und schreiben, bevor es zur Schule ging. „Du sollst das gescheiteste Mädchen sein", sagte Gloria, „das allergescheiteste!"

Bettina lernte leicht in der Schule, wurde aber von Gloria eifersüchtig überwacht. Bettina durfte selten mit anderen Mädchen spielen. Bettina gab immer nach. Ihre dunklen Augen blickten duldend. Sie ertrug alles. Auch das samstägliche Bad. Jeden Samstag wurde Bettina gewaschen. Sie musste sich in das schon von Gloria benutzte Wasser setzen. Darauf hielt Gloria. Gas kostete Geld, und ihr Badewasser war nicht schmutzig. Das Bad wurde zum Ritual. Gloria sass fünf Minuten in der Wanne, wusch sich, trocknete sich, zog den Bademantel an und rief Bettina, die ausgezogen, gewaschen und geschrubbt wurde. Nackt, kindlich, mädchenhaft. Blassblaue Adern. So sah Gloria das Mädchen heranwachsen. Es war nicht mager und nicht fett. Schwarze, lange Haare, die Gloria jeden Morgen zu zwei Zöpfen flocht. Bettina brachte die besten Noten nach Hause und war, wie ehedem Gloria, die Klassenerste. Alles in Ordnung. „Ein stilles Kind", sagte der Schularzt, „es wirkt vielleicht ein wenig verträumt mit den dunklen Kirschenaugen, etwas sanft, vielleicht etwas zu sanft, gesund, bestimmt kerngesund, Fräulein Büttikofer, kein Zweifel!" Ein gesundes Mädchen also, das ist gut, dachte Gloria, und Klassenerste, sehr gut. Gloria wusste von Bettinas Sorgen nichts. Bettina litt darunter, dass sie Zöpfe tragen musste und altmodisch gekleidet war. Doch wagte sie keinen Widerspruch, und ihre Augen blickten duldsam und manchmal auf sanfte Art abwesend, was Gloria irritierte. „Du bist ja gar nicht auf der Welt", sagte sie dann. „Träumst du schon wieder?" Nach einer solchen Mahnung sagte Bettina einmal: „Still! Hörst du nicht? Jetzt sind sie wieder da! Das ist doch so schön, ach das ist doch so schön!" Gloria geriet in Wut, und immer, wenn sie in Wut geriet, gab sie den Befehl: „Bück dich", und das bedeutete zehn abgezählte Schläge mit der Rute, die einst St. Nikolaus gebracht hatte. Zehn Hiebe mit der Rute, das war das Mass. Und sie zählte zehn Hiebe aufs nackte Gesäss. „Das wird dich lehren, solchen Unsinn zu erzählen." Gloria begriff diese Wut nicht. Ein harmloses Geständnis. Aber was hörte Bettina? Gloria grübelte. Sie konnte nicht schlafen. Plötzlich fuhr sie hoch. Ihre Hand tastete nach dem Wasserglas, worin das Gebiss lag. Ohne Gebiss im Mund konnte sie nicht denken. Sie führte das Gebiss ein.

Das war es! Ja, das war es! Bettina glich in ihrer Art den Gefallenen. Sie war eine Gefallene! Apart. Hübsch. Mit zitternden Knien stand Gloria auf. Bettina glich dem längst verdrängten Phantom. Gespreizte Schenkel. Nein! Sie schuf Licht. Eingreifen! Energisch eingreifen! Die Hiebe auf zwanzig verdoppeln. Und ob sie gar …? Gloria wollte in Bettinas Geheimnisse eindringen. Immerhin war das Mädchen dreizehnjährig.

Die Sanftmut Bettinas verwandelte Glorias eifersüchtige Liebe in etwas dauerhaft Lauerndes. Sie musste das Mädchen aufrütteln. Die Aufgaben verdoppeln. Am Abend wurden Gedichte auswendig gelernt, Vokabeln und Verben gebüffelt bis spät in die Nacht, und schon um fünf Uhr wurde Bettina geweckt, und sie musste alles Gelernte repetieren, was ihr fehlerfrei gelang.

Eines Morgens, als Gloria wie ein Feldwebel die Tür öffnete, um Tagwacht zu befehlen, kniete Bettina im kurzen Nachthemd vor dem Bett. Sie wiegte den Oberkörper hin und her, und ihr Singsang, leise und melodisch, war kaum zu verstehen. Gloria gab der ersten Eingebung, sich unauffällig zurückzuziehen, nicht nach. Sie eilte zum Bett. Sie begriff. Die Laken waren blutbefleckt.

Gloria flüsterte: „Du bist mein wunderbares Gottesgeschenk."

Bettina rutschte auf den Knien in eine Ecke und wölbte Gloria das Gesäss entgegen, um mit der Rute die wohlverdienten Schläge zu empfangen. Doch Gloria, die Haare noch offen, beugte sich über das Mädchen, schüttelte es zart an den Schultern und sagte: „Komm doch, komm doch, das geschieht mit jedem Mädchen, ich sprach dir doch vom Wunder der Frau, komm schon und fürchte dich nicht! Fürchtest du mich? Das solltest du nicht. Du liebst mich doch? Sag Bébé! Du liebst mich doch?" Glorias offenes Haar hing wirr. Sie zog Bettina empor und umarmte sie. „Komm doch noch ein Stündchen in mein warmes Bett. Da wird alles besser, Bébélein!"

Sie nahm das Mädchen zu sich ins Bett. Dort lag es auf dem Rücken, lag steif und ängstlich neben Gloria, die, weit über fünfzig, abermals nach langen Jahren, mehr als vierzig waren es her, ihr Knie hoffend gegen den Schenkel eines Mädchens drückte. Ihr wurde schwindlig. Sie fühlte ein beengendes, angenehmes Stechen in der Luftröhre. Kitzel im nervösen Magen. Sie zitterte vor Verlangen und keuchte plötzlich: „Setz dich! Setz dich doch − setz dich doch auf meinen Bauch! Schnell! Willst du wohl gehorchen? Jetzt gleich! Ja, rittlings, rittlings, Bébé, wie der Reiter auf dem Ross. So ist's gut, ja, setz dich nur, warte", und sie riss das eigene Nachthemd bis zum Hals empor, „so, jetzt, setz dich auf meinen Bauch, mit dem ganzen Gewicht, es ist nicht schlimm. Oh! Bébé! Bébé!" Nun sass Bettina, nur mit dem kurzen Hemdchen bekleidet, auf Glorias Bauch. Gloria atmete noch immer heftig. „So ist's recht, und jetzt zeig mal, zeig! Zeig! Nimm die Schenkel weiter auseinander!" Mit der Linken riss Gloria Bettinas Hemd hoch und zog es ihr aus.

Gloria kam schnell zur Besinnung. Es war das beste, Bettina allein zu lassen, und sie sagte: „Bleib liegen, bleib liegen, ich komme gleich wieder. Zieh

das Hemd wieder an, sonst — — sonst erkältest du
dich. Ich bin gleich wieder hier." Sie eilte in Betti-
nas Zimmer. Dort nahm sie das Laken. Befühlte es.
Faltete das Laken zusammen. Verbarg es in der
Truhe. Sie kniete nieder davor und weinte leise.
Jetzt war es geschehen.

Während des Frühstücks prüfte sie Bettinas
Meinung. Das Mädchen sass eigentümlich lächelnd
am Tisch; aber Gloria wies es deswegen nicht zu-
recht. „Siehst du, jetzt bist du kein Mädchen mehr.
Darum habe ich dich ins Bett genommen. Als
Trost und Warnung! Jemand, der dich liebt, darf
dich einmal kurz prüfen. Da ist nichts dabei; wie
du aussiehst, das wollte ich wissen. Wie du dich
entwickelt hast. Das ist mein Recht. Ich muss wissen, wie du aussiehst. Ich muss wissen, ob du gesund bist. Das muss ich wissen. Ich bin für dich
verantwortlich. Von deinen Eltern weiss man
nichts. Du hast nur mich, und ich liebe dich. Warnung und Trost, sagte ich. Warnung deshalb, weil
du krank würdest, täte das jemand anderer als ich.
Unweigerlich krank, und du wirst sehen, dass es
gut war, dich so zu berühren. Davon wirst du nicht
krank, nein. Ich überzeugte mich nur, dass du gesund bist. Dazu war's ein Spiel und Trost dafür,
dass du zum erstenmal blutetest. Das wird nun jeden Monat geschehen. Aber bei mir warst du ausnahmsweise. Verstehst du? Ausnahmsweise!"

„Meine Freundin hat mich auch schon so berührt."

Gloria setzte sich gerade auf. Sie schluckte und sagte gefährlich leise: „Das werden wir abklären. Ganz genau abklären!"

Danach kämmte Gloria das Mädchen und flocht zwei schwere, lange Zöpfe.

Gloria begann Bettina immer häufiger mit der Rute zu züchtigen. Das Mädchen hatte gestanden, dass es sich gemeinsam mit seiner Freundin nach dem Turnunterricht ausgezogen habe. Sie hätten einander angeschaut. Womöglich log Bettina.

An den Samstagen badete Bettina fortan allein und in frischem Wasser. Die Tür durfte sie aber nicht abschliessen. „Man weiss nie, ob man ohnmächtig wird", hatte Gloria gesagt, die, während Bettina badete, vor der Tür kniete und durchs Schlüsselloch spähte. Bettina spielte in der Wanne und plätscherte und wusch sich. Dabei sang sie und prüfte zuweilen ihre Brüste, die frisch waren wie geschälte Äpfel.

Gloria begann sich allmählich vor Bettinas Sanftmut zu fürchten. Sie entdeckte an einem Abend, dass Bettina Gedichte las. Gloria blätterte in dem Band. Von einer Schwester war die Rede, dunkel und stammelnd. Sie verbot ihr solche Lektüre. „Lies Fontane", sagte sie, „das hat Hand und Fuss! Überhaupt musst du jetzt lernen! Noch zwei Wochen bis zum Examen fürs Gymnasium. Solche Lektüre ist ungesund. Dieses katholische Zeug ist nichts für dich. Trink deinen Rübensaft!" Glorias Küche war kärglich, aber gesund. Bettina wurde nicht fett dabei.

Auch während der zwei Examentage blieb Bettina ruhig. Gloria war aufgeregt. Nicht, dass sie an Bettinas Erfolg gezweifelt hätte; sie bangte nur, ihre Adoptivtochter könnte unglücklicherweise nicht die Erste sein.

Der Brief vom Rektorat traf endlich ein. Gloria öffnete ihn umständlich. Bettina sah ihre weisshaarig gewordene Adoptivmutter an, die den Brief nahe, die Brille auf der Stirn, vor den kurzsichtigen Augen las. Gloria schwieg lange. Dann sagte sie, als sässe Bettina nicht am gleichen Tisch, wie im Selbstgespräch: „Aber das ist doch ausgeschlossen! Das ist doch unmöglich!" Gloria liess den Brief auf den Tisch fallen, streckte die rechte Hand aus und spreizte die Finger, als fürchtete sie sich vor Bettina. „Was hast du denn nur getan?"

Bettina schwieg, so dass Gloria, ausser sich, das Mädchen an den Zöpfen riss und es zu schlagen begann. Bei jedem Hieb: „Durchgefallen also. Durchgefallen! Kannst du überhaupt noch schlafen? Wie kann man nur durchfallen? Du wusstest doch alles! Alles! Das ist unmöglich! Das ist − −" Sie hielt inne. Dann sagte sie: „Du hast es mit Absicht getan!"

Sie eilte zum Kleiderhaken und setzte sich den kugeligen Hut auf, den ihre Schülerinnen den Scheisspott nannten, eilte ins Gymnasium und suchte den Rektor auf, ohne ihre Erregung meistern zu können.

„Büttikofer? Ja natürlich, Fräulein. Ihre Adoptivtochter. Der Fall ist mir bekannt. Doch, doch, ein gescheites Mädchen." Der Rektor blätterte in Papieren. „Aber das ist doch ausgeschlossen, dass sie durchgefallen ist! Seit neun Jahren ist sie immer die beste Schülerin gewesen! Niemand hat gezweifelt, dass sie die Prüfung bestehen wird."

„Nun, es ist ja nicht Ihr eigenes Kind, womit ich aber nur sagen will, dass Blut, wie es heisst, dicker als Wasser ist; denn es besteht doch die Möglichkeit einer erblichen Belastung. Wer ist Bettinas Vater?"

„Das weiss ich nicht."

„Sehen Sie. So ist das. Ich nehme, Fräulein Kollegin, kaum an, dass Bettina in *Ihrer* Obhut – sagen wir – ein wenig seltsam geworden ist?"

Gloria sass steif auf der Stuhlkante. „Ich begreife es nicht", sagte sie fast schuldbewusst und hatte Angst.

„Hier, sehen Sie, hier ist ihr Deutschaufsatz, wenn ich das so benennen will. Das Thema lautete: 'Über mich selbst.' Und schauen Sie, was Bettina geschrieben hat!"

Gloria nahm die vier Blätter und dachte zuerst, Wohlgefallen empfindend, es handle sich um ein von den zuständigen Examinatoren unterbewertetes Gedicht; aber mit wachsendem Missbehagen entdeckte sie, dass paarweise, Dutzende von Malen immer derselbe Satz stand:

„Ich bin Bettina Büttikofer. Ich bin Bettina Büttikofer.

Ich bin Bettina Büttikofer. Ich bin Bettina Büttikofer.

Ich bin Bettina Büttikofer. Ich bin Bettina Büttikofer.

Ich bin Bettina Büttikofer. Ich bin Bettina Büttikofer.

Ich bin Bettina Büttikofer. Ich bin Bettina Büttikofer.

Ich bin Bettina Büttikofer. Ich bin Bettina Büttikofer."

„Unfassbar", murmelte Gloria, „was wollte sie damit sagen?"

„Mit dieser Frage gelangen Sie wohl am besten an den Psychiater, Fräulein Büttikofer."

„Ja, ich verstehe", sagte sie. Der topfähnliche Hut war um weniges verrutscht.

„Ich verstehe", wiederholte sie, stand auf, ging.

Sie machte einen langen Umweg. Sie wollte nicht in die Wohnung zurück. Stand vor dem Schulhaus. Grau und verwittert. Ein Hof. Darin drei eisenumzäunte Kastanien. Sie drehte den Schlüssel. Im leeren und stillen Flur roch es nach Turnschuhen, Staub und Bodenwichse. Sie ging allein durch die Gänge. Die Absätze ihrer derben Schuhe widerhallten. Lange Reihe schwarzer Haken. Bunter Fleck einer karierten Schürze an der Wand.

Im Schulzimmer stand sie so, als spräche sie vor den Mädchen. „Vielleicht bin ich schuld", dachte sie laut. „Ich liebe sie. Was sagt ihr? Sie war doch die Gescheiteste!"

Systematisch, sie wusste nicht warum, begann Gloria die Pulte zu durchsuchen. Sie hoffte auf ein Zeichen. Ein Liebesgekritzel. Eine intime Erinnerung. Bruchstücke eines Geständnisses. Betrügerische Spickzettel. Unanständige Zeichnungen. Sie fand nichts. Die Schülerinnen waren vorsichtig.

Gloria setzte sich ans Lehrerpult. Mehr als zwei Jahrzehnte am selben Pult. Gelobte, Getadelte und Gefallene. Sie begriff die Zerstörung. Entzweigebrochen. Bauchschmerzen. Schenkel. Duftkomposition aus Moschus, Vanille und Urin. Endgültig vorbei. Leer. Sie stützte das Kinn in die Hände. Der Hut sass schief. Die Gläser der gelben Brille beschlugen, als Gloria leise weinte. Ihre Schultern zuckten. Ihr falsches Gebiss, das strenggehütete Geheimnis, klapperte leise. Sie nahm ein Tüchlein aus der braunledernen Handtasche. Das Tüchlein duftete nach Lavendel. Ein violettes Tüchlein. Dobb's English Lavendel, der einzige Luxus, den sie sich gönnte. Sie betupfte die Nase. Im Schulzimmer wurde es dunkel. Der Fussboden knackte. Sie dachte an Mäuse.

Als sie glaubte, wieder gefasst zu sein, ging sie nach Hause. Ihre Füsse schmerzten. Sie fühlte sich wie nach einem Museumsbesuch. Während der Osterferien − fünfzehn Jahre nach der Adoption

— hatte sie mit Bettina ins Oberland fahren wollen, um sie nach dem Examen ein wenig zu zerstreuen. Nun nahm sie sich vor, die Bestellung der Hotelzimmer rückgängig zu machen.

Sie betrat die Dreizimmerwohnung: Gefahr. Gloria lauerte. Sie witterte Gefahr. Das Gebiss drückte sie gegen den Gaumen. Gefahr. Zitternd in der Wohnung. Unsichtbar. Etwas Schwelendes. Verbranntes Haar. Und der Schrei: „Bettina!" Traum und Vergessen. Und wieder: „Bettina!"

Sie öffnete die Tür zur Kammer. Im ersten Augenblick wollte Gloria fragen: „Wo ist Bettina?" als sie das fremde Mädchen sah. Ein Mädchen wie ein Knabe. Seltsame Verwandlung; aber dann erkannte sie: Bettina sass vor ihr. Gross die Augen unter dem Haar. Die abgeschnittenen Zöpfe lagen wie zwei Schlangen auf dem Tisch. Bettinas Augenlider mit Wasserfarbe preussischblau geschminkt. Der untere Lidrand mit schwarzer Tusche nachgezogen.

„Mein Gott!" Bettina entgegnete sanft: „Ich bin Bettina Büttikofer, ich bin Bettina Büttikofer."

Gloria, ohne Bewegung, als lausche sie, zwischen Fremden eingeklemmt, neumodischer und ihr unverständlicher Musik, erinnerte sich des Rektors Ratschlag. „Missbraucht", dachte sie. Gelobte, Getadelte, Gefallene waren fassbar. Missbrauchte nicht. Unfassbar.

„Wo sind meine Zöpfe?" Glorias geliebte Zöpfe abgeschnitten. Ringelnd und schwarz. Blutbeflecktes Linnen, fiel ihr ein, gespaltenes Brillenglas, zerschnittene Finger, Fenchel und Kamille. „Also?!" Die Frage ein drohender Befehl. Doch Bettina entgegnete: „Warum bin ich ein Mädchen? Warum bin ich kein Knabe?"

Gloria schlug mit der flachen Hand auf den Tisch, wie damals, als sie sich entschlossen hatte, Bettina zu adoptieren. „Was soll das? Was soll dieser blödsinnige Aufsatz? Was heisst das: ich bin Bettina Büttikofer?"

„Die Wahrheit."

„Du bist ja verrückt. Du bist übergeschnappt! Und die abgehackten Zöpfe? Das sind meine Zöpfe! Was hast du mit meinen Zöpfen getan?"

Sie fegte die Zöpfe vom Tisch. Beide Hände auf die hölzerne Platte gestützt, beugte sie sich vor. Sie näherte sich dem gescherten und geschminkten Mädchenkopf. Bettina wich nicht zurück. „Wenn ich wüsste, was du denkst! Was denkst du eigentlich? Deine Augen waren immer verdächtig! Schon damals, als ich dich zum erstenmal im Spital sah!" Sie verlegte sich aufs Weinen: „Was hast du mit meinen schönen Zöpfen getan? Ich habe für dich gesorgt, du wärst doch im Waisenhaus ohne mich. Fünfzehn Jahre habe ich gesorgt für dich! Meine schönen Zöpfe, meine schönen Zöpfe!" Und plötzlich schrie sie: „Wasch dein Gesicht!"

Bettina schien zu erwachen. Sie eilte ins Badezimmer und wusch sich. Gloria legte die Zöpfe unterdessen zum Laken. Danach musste sich Bettina entblössen. Gloria keuchte während der Züchtigung. Bettina, ohne einen Laut, wölbte ihr das Gesäss entgegen. Beim sechzehnten Schlag hielt Gloria inne und sagte erschöpft: „Du − − du hast ja Spass daran! Was tu ich, was tu ich denn bloss?" Sie liess die Rute fallen, und Bettina wand sich auf dem Bauch.

Bettina blieb die Schande erspart, noch lange zur Schule gehen zu müssen; und Gloria rundete die Noten der Gefallenen energisch ab, so dass vor Ostern drei Mädchen sitzenblieben.

Allerdings vermochte es Gloria so einzurichten, dass Bettina nach den Osterferien eine Lehrstelle als Arztgehilfin antreten durfte. Auf diese Weise war sie wenigstens von einem Arzt umgeben. Von Medikamenten, Phiolen und gebändigten Bazillen, Innereien und Blut. Gutartige Geschwüre. Patientenempfang. Und schon jetzt weiss angezogen.

An den Bubikopf gewöhnte sich Gloria. Bettina benahm sich nicht mehr absonderlich. Doch Gloria lauerte. Sie wollte die Rolle des Psychiaters selbst spielen. Sie fürchtete sich davor, Bettina könnte in ein Sanatorium eingeliefert werden. Was täte sie ohne Bettina? Die lieben Gewohnheiten wären dahin. Niemand mehr, der abends Handarbeiten machte; niemand mehr, der sich samstags wusch und sonntags mitsang im Kirchenchor; das Abendmahl empfing an Ostern; die Predigten mitkritisierte; spazieren ging; zu erziehen und zu leiten war. Kein Fleisch und kein Blut, kein Argwohn, keine Verantwortung mehr.

Gloria erkundigte sich jeden Monat nach dem Befinden Bettinas. Mit allem war man zufrieden. Freiheit kam für das Mädchen nicht in Frage. Gloria wusste über jede Stunde, über jede Kursdauer, über den ganzen Tagesplan Bescheid. Sie erwartete von der Lehrtochter ein dem Nachhauseweg entsprechendes pünktliches Erscheinen. Kam Bettina nur um Minuten zu spät, musste sie sich verhören lassen. Es geschah noch immer, dass sie mit der Rute gezüchtigt wurde, verspätete sie sich mehr als um eine Viertelstunde ohne triftigen Grund.

Sie muss Wünsche hegen, empfand Gloria dumpf. Irgendwelche Wünsche; junge Männer aber waren verworfen. Den Tanzkurs durfte sie nicht besuchen. Kein Mann durfte sich Bettina nähern, ihre Brüste berühren, die Schenkel. Gloria verbot ihr Schminke, Nagellack und Puder. Gurkenmilch mochte angehen, und sonntags einige Spritzer Lavendel.

Welche Wünsche aber hegte Bettina? Gloria rätselte. Die Umwelt war kein Kloster. Selbst Ärzte konnten Wüstlinge sein. Ablenkung war das Beste. Ein Abonnement fürs Stadttheater. Warum nicht? Da gab es ein altmodisches Samtkleid: das hielt Jahrzehnte. Auch Bettina erhielt ein solches Samtkleid und sogar echte Zuchtperlen aus dem Japanhaus. Perlen waren nicht verwerflich. Ohne Gleissen ein sachter Glanz auf dem sparsamen Dekolleté.

Mit der Zeit fielen die beiden auf. Eine alte magere Frau mit straff nach hinten gekämmtem weissem Haar und ein Mädchen mit dunklen, grossen Augen. Ein neuer Schauer für Gloria, die bemerkte, wie das Publikum während der Pausen die seltsame Schönheit Bettinas wahrnahm. Als Mädchen verkleideter Knabe.

Es wurde Schwanensee gegeben. Bettina schien hingerissen vom schwarzhaarigen Solotänzer, dessen Geschlechtsteil, wie Gloria entsetzt feststellte, sich deutlich unter dem hautanliegenden Trikot abzeichnete. „Mir ist übel", sagte Gloria während des Zwischenaktes, „wir gehen." Bettina widersprach nicht. Noch in der Wohnung stand der Tänzer zwischen den beiden. Unsichtbar. Etwas Drohendes. Gloria knallte Türen. Sie vergass das Trikot nicht. Eigentlich hätte sie wissen wollen, ob Bettina auch daran dachte. Unerforschlich. Sie ging nicht mehr in Bettinas Zimmer. Vielleicht schlief sie schon. Vielleicht träumte sie vom Tänzer. Unzucht im Stadttheater.

Gloria zog sich aus und trat vor den Spiegel. Sie hatte es lange Zeit nicht mehr getan. Sie sah die Geige im geöffneten schwarzen Kasten, löste den Haarknoten im Nacken, entflocht den dünnen Zopf. Danach legte sie sich ins Bett und sah den Tänzer wieder. Wie er getanzt hatte. Stampfend, schwebend, kraftvolle Gebärden. Sie schauerte, und so dämmerte sie in den Halbschlaf.

Der Tänzer stand auf der Bühne, nackt. Sein

übergrosses Glied war aufgerichtet und gabelförmig geteilt. Eine Stimme rief die Worte des Propheten Hesekiel: „Du nahmst auch dein schönes Gerät, das ich dir von meinem Gold und Silber gegeben hatte, und machtest dir Mannsbilder daraus und triebst deine Hurerei mit ihnen." Lüstern und zugleich ängstlich stand sie vor dem Tänzer. Seine Schamteile waren aus Schuppen, und Gloria, nackt, eilte auf ihn zu. Sie warf sich unter ihn, und die Schuppen legten sich beim Einführen des Gliedes an. Gloria stöhnte. Beim Austritt aber, glühend, richteten sich die Schuppen auf und stachen, so dass Gloria wie eine Kreissende zu hecheln begann.

Sie stand vor dem Spiegel, musste also schlafend aufgestanden sein, und sie erinnerte sich ihres Traumes und eilte in Bettinas Zimmer, wo sie, Bettina wachte kaum auf, in deren Bett schlüpfte, um wie ein Mann auf ihr zu liegen. Bettina schlang die Beine um Glorias Hüften, und beide machten Bewegungen, als fände eine Begattung statt.

„Mir war so heiss", jammerte Gloria, „ich habe so schlecht geträumt!" Beide blieben ohne zu sprechen erschöpft liegen. Nach einer Weile ging Gloria in ihr Zimmer zurück.

Sie krallte sich an der Matratze fest; denn sie hörte Bettina lachen: schrill und ohne Unterbruch.

Anderntags taten beide so, als sei nichts vorgefallen. Sie trennten sich wie immer nach dem Frühstück, und Gloria erteilte, müde zwar, Unterricht.

Nach drei Tagen, Gloria hatte einen schulfreien Nachmittag, erhielt sie einen Telefonanruf. Glorias Gesicht bedeckte sich mit roten Flecken.

„Wie geht es Bettina?" fragte die Laborantin.

„Gut", antwortete Gloria geistesgegenwärtig.

„Ich wollte ihr nur gute Besserung wünschen."

Eine peinliche Pause. Gloria beendete das Gespräch und wagte kaum zu atmen. Sie legte auf.

Sie lief über eine Stunde in der Wohnung auf und ab, beruhigte sich, fasste den Vorsatz, Bettina zu prüfen, stand lange vor der Neuenburger-Pendule und hörte, wie Bettina die Treppe emporstieg.

Wie es gewesen sei. Ob sie gut gearbeitet habe heute. Was es beim Arzt Neues gäbe. Alles sei in Ordnung, meinte Bettina. Gloria stand langsam auf und zischte: „Wo warst du gewesen seit Montag? Heute ist Mittwoch! Drei Tage also. Drei Tage! Wo warst du? Woher kommst du?"

Bettina schnellte hoch. Sie riss den Tisch mit. Gloria taumelte. Der Tisch fiel um. Langsam ging Bettina rückwärts, bis die Wand sie aufhielt. Sie sah Gloria an. Gloria hatte Angst. „Schau mich nicht so an! Ich habe dir nichts getan! Bébé! Bébé! Komm zu dir! Schau nicht so grauenhaft!"

Bettina stand unbeweglich. „Komm doch zu dir! Bébélein! Ich will dich nicht schlagen! Bitte, glaub mir! Nie mehr schlagen! Ich werfe die Rute fort! Noch heute! Ich will doch dein bestes! Ich will dich erlösen!"

Das Wort „erlösen" schien auf Bettina zu wirken. Sie schüttelte den Kopf, bemerkte den umgeworfenen Tisch, begriff, erschrak.

„Was habe ich getan? Strafe mich! Ich ging ins Theater. Heute. Heute war er dort. Er sagte: 'Tanze, tanze', sagte er." Bettina begann sich hin und her zu wiegen, langsam, schneller, drehte sich um die eigene Achse, fiel hin. Arme und Beine zuckten, ein lebendig aufgespiesstes verendendes Insekt. „Nein", flüsterte Gloria.

Sie wollte die Notfallstation anrufen. Doch bevor sich jemand meldete, drückte sie die Gabel nieder und liess den Hörer fallen. Baumelnd klopfte er gegen die Wand. Es war ihr eingefallen, dass auf der andern Strassenseite ein Arzt wohnte. Sie verliess die Wohnung, lief die Treppe hinunter, überquerte die Strasse und läutete. Die Arztfrau öffnete, erkannte Gloria, rief ihren Mann, einen älteren Neurologen, der Gloria folgte.

Bettina lag noch immer auf dem Boden. Der Arzt rief laut und deutlich ihren Namen.

Gloria schuf, nachdem der Arzt Bettina, beruhigend auf sie einsprechend, ins Zimmer geführt und die Tür geschlossen hatte, flüchtig Ordnung.

Der Arzt kam zurück. Gloria suchte einen milden Ausdruck in seinem Gesicht. Der Arzt fragte, was geschehen sei. Gloria erzählte sachlich und ohne Umschweife. Den Traum verschwieg sie. Der Arzt nickte, als wisse er alles. „Choreomanie", sagte er. Gloria fürchtete sich vor dem Wort. „Hängt das mit Tanzen zusammen?"

„Sie muss einer Suggestion unterlegen sein. Vielleicht heute während der Begegnung mit dem Tänzer. Sie sagen also, dass Sie Bettina gewissermassen zu wecken vermochten mit dem Wort 'erlösen'?"

„Ich sagte: 'Ich will dich doch erlösen!' Und danach kam sie zu sich, machte das Geständnis, dass sie heute den Tänzer getroffen habe und begann zu tanzen. Wo war sie die ganzen zwei Tage vorher?"

„Sie sagte nichts darüber. Wie heisst der Tänzer?"

„Das weiss ich nicht. Doch warten Sie! Im Programmheft muss doch der Name stehen. Vielleicht finde ich das Heft noch."

Sie suchte es. „Hier", sagte sie, „hier steht es. Ruben Ambar a.G. Was heisst das?"

„Als Gast: Ruben Ambar. Er ist also kein festes Mitglied des Ensembles. Ich gehe jetzt schnell hinüber und hole Medikamente."

Gloria, allein, setzte sich. Es fiel ihr ein, dass sie in wenigen Tagen sechzig Jahre alt wurde. Sie sass gekrümmt. Vierzig Jahre Schule. Deutsch, Französisch, Geschichte. Das Phantom umbringen wie einst. Wie jede Nacht. Schenkel. Klaffend. Erinnerung, es wurde ihr übel dabei. Über fünf Jahre das blutbefleckte Laken aufbewahrt. Neunzehnjährig Bettina. Ich bin Bettina Büttikofer. Kamille und Fenchel. Defekte Brille. Brüste ohne Milch. Phantom auf dem Bauch. Kichernde Mädchen im Schlafsaal des Lehrerinnenseminars. Wer ist Ruben Ambar?

Sie schreckte hoch.

Der Arzt kam zurück. Er ging in Bettinas Zimmer. Sie wartete. Der Arzt schien müde, als er das Zimmer verliess. „Ich habe vorhin mit der Polizei telefoniert. Ein Beamter wird ins Theater gehen. Erschrecken Sie nicht! Ich kenne den Beamten. Ein Polizeiwachtmeister."

„Wie heisst er?"

„Gottlob Müller. Er wird seine Sache gut machen. Er wird herausfinden, ob sich Bettina wirklich mit Ruben Ambar getroffen hat. Ich habe sie vorhin untersucht. Wir können uns kaum etwas vormachen. Sie ist nicht mehr intacta." Glorias Augen wirkten klein hinter den scharfen Brillengläsern.

„Nehmen Sie es nicht schwer, Fräulein. Es wird sich alles geben."

„Bettina bleibt doch hier? Bei mir?"

„Nun – – –"

„Muss sie in eine Anstalt?"

„Aber wer spricht denn von einer Anstalt! Wer spricht denn von so was, Fräulein Büttikofer!"

„Ich fürchte mich."

Der Arzt verabschiedete sich.

Sie schlich in Bettinas Zimmer. Das Mädchen lag ruhig auf dem Rücken. Die Wimpern zwei Schatten über den Jochbogen. Die Hände unter der Decke. Unhörbarer Atem. Die Nasenflügel bebend.

Gloria stand und schaute. Nicht intaktes Hymen. Ausgefranst. Durchlöchert. Eierfrucht oder Phallus. Teufelsglied. Bananen, Gurken und Kerzen. Zöpfe, zwei sich ringelnde Schlangen auf dem Holz. Ein Geschöpf, vor ihr liegend, betäubt und wächsern, Zeichen des Irrsinns.

Das Glied Ruben Ambars. Undeutliche Erinnerung an den Penis eines Hengstes. Damals hatte Gloria gemeint, das Pferd sei krank. Heraushängendes Gedärm. So sah es das Mädchen im Zirkus. Ekel vor allem Männlichen. Sie kannte den Geruch des Samens nicht. Den Geschmack nicht.

Ihre Gedanken kreisten Bettina ein. Sich verengende Ringe. Ein Opfer Bettina, auserwähltes Opfer, nicht wegzugeben, nicht auszuliefern. Kein zwanzigjähriges Umsonst.

„Ich liebe sie, ich liebe sie." Wie an den Perlen eines unendlichen Rosenkranzes abgezählt, wiederholte Gloria während der Genesung Bettinas diesen Satz. Sie vermied es, über Ruben Ambar zu sprechen. Auch Bettina erwähnte ihn nicht. Sie schwieg vor dem Arzt.

Abermals fand Gloria eine Stellung für Bettina: als Verkäuferin in einer Boutique. Doch auch in der Boutique hielt es Bettina nicht aus. Sie blieb nur einige Wochen dort und verkaufte Pop-Schmuck, Sanduhren, bestickte Kleiderbügel, Vogelkäfige, Posters, Jeans, japanische Lampen, finnische Gläser, Cartoons, Polyester-Plastiken. An einem kalten Morgen blieb sie einfach liegen und erklärte, nicht mehr arbeiten zu wollen. Das war kurz nach

Glorias vierzigjährigem Jubiläum an der Mädchenschule.

Bettina blieb zu Hause. Sie lag auf dem Bett und lernte Gedichte auswendig. Hin und wieder tanzte sie im Vorgarten, wenn Gloria Schule gab. Sie tanzte langsam. Eurhythmische Gebärden dazu und langgezogen gesungene Vokalisen im Fünftonbereich. Gloria wusste vorerst nichts davon. Die Schulkinder standen vor dem Zaun und gafften. Sie riefen Bettina Beschimpfungen zu. Doch die Tanzende schien nichts zu hören.

Der Arzt kam abermals. Er bemerkte, dass Gloria in wenigen Wochen gealtert, abgemagert war. Die Schülerinnen nannten sie nur noch Hexe, nicht mehr Büttihexe wie ehedem.

„Sie ist schwanger", sagte der Arzt.

Gloria sagte nichts.

„Sie muss versorgt werden. Sie fällt in der Nachbarschaft auf."

Ruben Ambar war nicht aufzufinden. Ein Tänzer ohne festen Wohnsitz. Auf Reisen. Wachtmeister Müller liebte Rätsel nicht. Einbruch und Totschlag waren ihm lieber.

Gloria fand Hefte, in denen etwa tausendmal der Name Ruben Ambar stand. Ruben Ambar, jeder Buchstabe deutlich. Der Arzt hatte versprochen, Bettina erst nach Weihnachten einzuliefern. Im dritten Monat schwanger.

Niemand durfte ihr Bettina wegnehmen. Kein

Arzt. Keine Vormundschaftsbehörde. Kein Polizist. Niemand.

Gloria kaufte einen Hammer. Sie verwahrte ihn in der grossen Handtasche. Zu Hause versteckte sie ihn unter dem Kopfkissen. Sie sprach kaum mit Bettina, die wegen der Medikamente stumpf geworden war.

Gloria kaufte wie jedes Jahr einen Weihnachtsbaum. Die Augen des zwanzigjährigen Kindes glänzten, als die Kerzen brannten. Gloria klemmte die Geige zwischen Kinn und Achsel und spielte „O du fröhliche", „O Tannenbaum", „Ihr Kinderlein kommet".

Bettina wiegte sich hin und her. Gloria hielt den Geigenbogen in den Händen. Sie bog ihn, und plötzlich knackte er und brach entzwei.

„Ins Bett", befahl sie, und Bettina gehorchte. Gloria empfand nichts mehr für Bettina. So glichen ihre Mordgedanken denen eines Selbstmörders. Es war weder Selbsthader noch Todessehnsucht. Es war das Verlangen, ein Licht auszulöschen, der Vorsatz, dem Unausweichlichen zu entfliehen, um ihm endgültig zu begegnen.

Nach dem Heiligen Abend, am Weihnachtstag, entfernte Gloria den Christbaum. Sie zersägte und verbrannte ihn. Das Grün war noch so frisch, dass sich in der Dreizimmerwohnung ein anheimelnder Duft verbreitete. Wenn es nicht bitter kalt gewesen wäre, hätte Gloria gelüftet.

Die Frist war kurz. Am 28. Dezember sollte Bettina in die Anstalt eingeliefert werden.

Gloria hatte seit Tagen kaum etwas gegessen. Sie war so mager geworden, dass sich die Leute nach ihr umdrehten. Sie stand mit dem Hammer im Wohnzimmer, wo es nach verbrannten grünen Tannennadeln und nach Mandarinen roch.

Gloria nahm eine Schachtel voller Knöpfe und warf sie auf den Boden. Die Knöpfe purzelten und rollten umher, und Gloria rief: „Bettina! Komm her und lies die Knöpfe auf!" Bettina kam und tat es. Auf den Knien rutschte sie herum und sammelte die Knöpfe ein. Knopf um Knopf klaubte sie auf, und jeden Knopf warf sie in die Schachtel, und sie sang leise und ein wenig falsch.

Gloria stand hinter der Kauernden. Sie hob den Hammer und liess ihn auf Bettinas Hinterkopf sausen. Glorias Gesicht blieb unbewegt, als Bettina vornüber kippte und liegen blieb. Bettina röchelte. Sie richtete sich langsam auf, drehte sich um und lächelte. Der Hammer entfiel Gloria. Ihre Hände zuckten hoch, die Wangen wurden hohl, der Mund öffnete sich vor Schreck. Ihre Fingerspitzen berührten die Schläfen. Sie schrie: „Sammle endlich die Knöpfe ein!" Gloria schaute zu, wie Bettina die Knöpfe einsammelte. Sie bückte sich, sammelte auch Knöpfe ein und fragte: „Warum hast du das alles getan? Habe ich nicht neunzehn Jahre für dich gesorgt? Du hattest dich nicht zu beklagen!

Ich tat alles für dich. Was hast du mit Ruben Ambar gemacht?"

„Ruben?" Bettina setzte sich und wiegte sich hin und her. „Ich bin Bettina Büttikofer. Ich bin Bettina Büttikofer."

„Was habt ihr gemacht?"

„Nichts. Vielleicht träumte ich von ihm. Du solltest es wissen. Du kamst doch zu mir ins Bett! Ich habe eine Beule. Willst du fühlen?"

Gloria stand auf. Sie entkleidete die Willenlose. Gloria liess Wasser in die Wanne laufen. Wusch Bettina. Zog ihr das Nachthemd an. Legte sie zu Bett.

Danach mischte sie Schlafmittel unter Fenchel und Kamille. Sie flösste Bettina davon ein. „Trink! Das wird dir gut tun." Bettina trank. Gloria wartete.

Es wurde dunkel.

Gloria holte die Kordel ihres Bademantels, setzte sich wieder und wartete.

Gegen zehn Uhr erwachte Bettina. Sie lächelte, schloss die Augen und schlief erneut ein.

Zwei Stunden wartete Gloria. Als sie eben die Schlinge um Bettinas Hals legen wollte, hob ihr Gottesgeschenk im Schlaf den Kopf, als erwartete es, erdrosselt zu werden. Gloria legte die Schlinge um Bettinas Hals und begann das Mädchen zu erwürgen.

Plötzlich öffnete Bettina die Augen. Sie quollen

hervor, und Gloria hörte ihr Opfer röcheln: „Straf mich doch nicht so, Mama!" Und Gloria fiel ein, dass Bettinas erstes Wort „Mama" gewesen war.

Gloria zog die Schlinge fester zu. Bettina bäumte sich auf, strampelte mit den Beinen, wehrte sich. Die über das Bett gebeugte Gloria wurde durch die Kraft des Mädchens nach hinten geschleudert. Sie fiel auf den Rücken, die beiden Kordelenden noch in der Hand. So geschah es, dass Bettina mit gespreizten Schenkeln auf Glorias Bauch zu sitzen kam.

Gloria sah es, sah das auf ihrem Bauch sitzende Phantom mit den kieselweissen Schenkeln. Dunkler Flaum. Bettina, vornübergebeugt, die Schlinge um den Hals, verkrallte sich mit den Händen in die dürren Brüste, die nie Milch gespendet hatten. Gloria zog fester, und die Zunge hing Bettina aus dem Mund. Die Füsse gegen den Boden stemmend, versuchte sie sich zu befreien, zog, den Hals in der Schlinge, Glorias Oberkörper hoch, und unversehens, Gloria, die nicht locker liess, nach hinten ziehend, liess sie Harn. Danach verendete Bettina und liess dünnen, stinkenden Kot auf Glorias Unterleib zurück.

Gloria blieb lange liegen und spürte das Gewicht des Phantoms. Erdrosselt und tot.

Sie begann aufzuräumen. Säuberte alles. Legte sich in die Wanne. Wusch auch Bettina.

Sie holte das Laken mit dem eingetrockneten Blut, bezog das Bett damit, legte die Leiche darauf, und zu beiden Seiten schmückte sie die Tote mit den schwarzen Zöpfen, mit Nelken und Fotografien aus Bettinas Kinderzeit.

Es war fünf Uhr in der Frühe, als Gloria am Stephanstag das Schulhaus betrat, wo sie mehr als vierzig Jahre unterrichtet hatte.

Wiederum, wie nach dem Gespräch mit dem Rektor, ging sie — diesmal aber in der Finsternis — an den Türen vorbei, fand ihr Schulzimmer, trat ein, machte Licht. Die Stühle standen auf den Pulten. Weihnachtsferien. Steif setzte sie sich ans Katheder, nahm ein Schulheft und wieder ein Schulheft. Dann verliess sie das Schulzimmer, ging ins Erdgeschoss, betrat die Telefonkabine und rief den Arzt an. Sie sagte, sie habe Bettina erlöst. Die Wohnung sei offen. Er solle nachsehen. Sie warte im Mädchenschulhaus am Westring. Er werde alles begreifen. Er solle das Nötige veranlassen.

Sie ging ins Schulzimmer zurück. „Adieu, Mädchen", sagte sie und dann in befehlendem Ton: „Nehmt die Probenhefte! Schreibt folgende Verben in allen Zeiten: avoir, être und mourir! Haben, sein und sterben. Und zwar im Indicatif, Conditionnel, Impératif, und schreibt alle diese im Présent, Imparfait, Passé simple, Passé composé, Plus-que-parfait, Futur undsoweiter. Los! Wer spickt, bekommt eine Null."

Sie setzte sich wieder ans Pult und schaute streng die Stühle auf den Pulten an. Mädchengesichter. Es klopfte. Gloria rief: „Herein!" Der Arzt

und Wachtmeister Müller betraten das Schulzimmer. „Lasst euch nicht stören, Mädchen", sagte
Gloria. Müller sagte: „Kommen Sie, kommen Sie
mit, Fräulein Huggentobler!" Gloria sah ihn streng
an. „Büttikofer, bitte! Ich bin Bettina Büttikofer."

Indianerspiele

Anklage und Verteidigung stimmten darin überein, dass es weder Mord im Sinn von Art. 112 StGB noch eine vorsätzliche Tötung (Art. 111StGB) gewesen war, sondern, gestützt auf Art. 113 StGB, ein Totschlag, wobei der Staatsanwalt eine Strafe von fünf Jahren beantragt hatte, die vom Gericht, das dem Angeklagten eine in ungefähr mittlerem Grad verminderte Zurechnungsfähigkeit attestierte, gemildert wurde, indem es Martin Rosmann zu einer vierjährigen Gefängnisstrafe abzüglich 279 Tage Untersuchungshaft verurteilte.

Vor der Tat hatte Martin beim Gärtner Häberli, seinem Lehrmeister, Mist zu zetten, Rosen zu pflegen und auszutragen, Wege zu karren, Beete umzustechen und die Fenster der Treibhäuser zu waschen.

Am 28. Januar 1972 musste er Frau Rita Gampeler, der Witwe eines Zugführers, dessen Tod infolge eines hypoglykämischen Schocks im Schnellzug Bern–Thun eingetreten war, einen Trauerkranz bringen, den die Mitglieder des Eisenbahnerverbandes gestiftet hatten.

Am Kranz hing eine schwarze Seidenschleife. Darauf stand in goldenen Buchstaben, wann Gottfried Gampeler geboren worden und gestorben war. Nachdem Martin kurz nach 18 Uhr geklingelt hatte, fiel ihm ein, dass sein Moped nicht gesichert war; aber schon öffnete Rita Gampeler, eine füllige Frau, die auf den Kranz starrte, als wäre dieser eine herausfordernd dargebotene Klosettbrille, die Tür.

Frau Gampeler, seit zwei Tagen Witwe, sagte statt einer Begrüssung: „Oh". Dieser Ausruf galt dem Kranz; Martin jedoch, unglücklich, war eitel genug, das „Oh" auf sich zu beziehen. Er streckte den Arm, an dem der Trauerkranz mit der Seidenschleife hing, immer noch aus. „Von Häberli", sagte er verlegen und schaute zu, wie Frau Gampeler ihr straff nach hinten gekämmtes Haar berührte, das zu einem Pferdeschwanz frisiert war. Als ob sie Martins Empfehlung „von Häberli" hätte korrigieren wollen, flüsterte sie: „Vom Eisenbahnerverband."

„Nein! Von Häberli!" Frau Gampeler war erstaunt; denn ihr fiel auf, dass der Junge, sie schätzte ihn auf siebzehn, Martin war aber etwas über zwanzig, die Entgegnung „nein, von Häberli" trotzig vorgebracht hatte, so dass sie, ohne es zu wollen, wiederum sagte: „Vom Eisenbahnerverband". Martin, dem schon aufgefallen war, dass die Dicke keine Trauer trug, staunte, weil sie lächelte. In störrischer Beharrlichkeit streckte er Frau Gampeler den Kranz weiterhin entgegen und ballte dabei die Hand zur Faust. Er schämte sich des Kranzes, schämte sich überhaupt, bei Häberli zwangsweise als Lehrling angestellt zu sein; denn die Leitung der Erziehungsanstalt Tessenberg hatte vor einigen Monaten verfügt, Martin müsse Gärtner werden. Er selber wollte nicht und empfand es demnach als Schmach, auf Zusehen hin und unter staatlichem Zwang Herrn Häberli zu dienen.

Frau Gampeler zeigte ihre regelmässigen, ein wenig breiten Zähne schon seit vier Sekunden, packte dann mit einer gierig anmutenden Gebärde unvermittelt den Kranz und drückte ihn gegen die üppigen Brüste. Die Schleife prangte zwischen ihren Beinen, die sie in eine lilafarbene Hose gequetscht hatte. Martin betrachtete die goldenen Frakturbuchstaben. Frau Gampeler lächelte nicht mehr, kehrte sich um und lehnte den Kranz an eine weisslackierte Kommode, über der ein Spiegel hing.

Martin, beklommen, merkte, dass er den Atem angehalten hatte, den er, während Frau Gampeler offenbar das Trinkgeld holte, zitternd ausstiess. Ängstlich schnappte er das Zweifrankenstück, das ihm Frau Gampeler, die sofort bemerkte, dass sich der Junge unterdessen geschlechtlich erregt hatte, zwischen Daumen und Zeigefinger entgegenhielt.

Frau Gampeler, durchschauert, als sie auf die hautengen und abgeschabten Blue jeans blickte, sagte wie zum Trost: „Von Häberli also."

„Häberli, ja", sagte Martin, wollte weglaufen, blieb aber, obschon wider Willen, unter der Tür stehen, weil Frau Gampeler gedehnt wiederholte: „Von Häberli."

„Jawohl, von Häberli, genau": eine weiche Stimme, wie Rita feststellte. Martin war, wie es ihm bei erwachsenen Menschen immer geschah, verlegen vor ihr und blickte zu Boden. „Ein schöner Kranz", hörte er sie sagen, und er besah sich diesen idiotischen Kranz, den er um 14 Uhr vergessen hatte auszutragen, so dass er von Häberli angeschnauzt worden war: „Da hat man's! Lumpenpack aus der Anstalt. Wollen eine Lehre machen und faulenzen. Fressen Gnadenbrot. Sind dienstuntauglich. Warum hast du diesen Kranz nicht sofort gebracht?"

„Ich habe es vergessen", hatte Martin gesagt. So fuhr er mit dem Moped nach Bern, wo seine Mutter wohnte, die aber unter keinen Umständen etwas wissen wollte von ihm.

„Ein sehr schöner Kranz. Ganz prächtig dieser Kranz. Von seinen Kameraden." Martin hielt, als sie „süperb" sagte, denn sie liebte blumige Ausdrücke sehr, abermals den Atem an. Ihm fiel nichts mehr ein. „Es zieht", sagte sie nach unziemlichem Zögern; doch Martin wagte den Sinn dieser Feststellung nicht zu deuten. Immerhin brachte er ein unsicheres „Merci" hervor und hörte sich „adieu" murmeln. Steifbeinig vor Verlegenheit ging er hinunter, blieb aber, als Frau Gampeler die Tür schloss, auf der zweituntersten Treppenstufe stehen. Seine Linke umfasste das kühlende Holz des blankgescheuerten Treppengeländers. Vor ihm ein tüllbespanntes Fenster. „Sie hat Augen wie zwei runde, blanke, braune Knöpfe", dachte er, als er spürte, wie das Zweifrankenstück in der rechten Hand warm geworden war. Hinter dem Fenster sah er nun, Martin lauschte angestrengt, den Hof und wusste nicht, dass Frau Gampeler vor der Tür kniete und ihn, Gegenstand ihrer abseitigen Sehnsucht, durchs Schlüsselloch anschaute.

Als das Dreiminutenlicht im Treppenhaus erlosch, sah Martin die Schneeflocken. Um Licht zu schaffen, hätte er zu Frau Gampelers Wohnungstür, acht Stufen höher, gehen müssen, wo, das wusste er, ein rotbeleuchteter Lichtknopf angebracht war. Seine Augen gewöhnten sich jedoch an die Dunkelheit, weil durchs Fenster, das zum Hof ging, fahles Licht fiel. Sein Magen, er kannte diese Reaktion seit Jahren, wenn ihn ein Erzieher oder Aufseher tadelte, zog sich, als Martin hörte, wie Frau Gampeler die Tür behutsam öffnete, krampfhaft zusammen. Danach ein trockenes „Klick", und es war Licht. Dabei verdunkelte sich das Fenster, und er sah nicht mehr, wie es schneite. Die Zähne aufeinandergebissen, nahm sich Martin vor, nichts mehr zu denken; vielmehr zählte er: eins zwei drei vier fünf sechs sieben acht − −. „Ich habe meine Haare gewaschen", fiel ihm ein, und er drehte sich um: acht Stufen vor ihm. Unter der Tür das Üppige. Das Fremde. Ein lockendes Lächeln. Von unziemlicher Zweideutigkeit. Zum drittenmal hielt er den Atem an. „Ich muss doch zu Häberli zurück!" Dann die pochende Frage im Körper: „Und wenn ich jetzt nicht zurückkehre?" Er stieg schon: eins zwei drei vier fünf sechs sieben acht. An ihr vorbei. Mit dem Instinkt eines Tiers ins Schlafzimmer.

Rita sah ein, dass sie gegen die Gewalt ihrer jahrelang gehüteten Wünsche nicht ankam. Der Stau hatte die Mauer des Anstands durchbrochen. Vorgestern hatte sie diese Mauer geschleift, als sie ihrem Mann Gottfried die dreifache Menge Insulin injizierte, was ihm behagte, weil er, zuckerkrank, die Spritze, nachdem dies notwendig geworden war, schon seit Jahren, wofür er sie lobte, von Rita erhielt, die, als sie ihm am Mittwoch die Überdosis verabreichte, nicht eigentlich an Mord, wohl aber an einen Hiatus, von dem sie sich Freiheit versprach, denken musste.

Sie löste die Spange, die den Pferdeschwanz hielt, und legte sie auf die weisse Kommode, an welcher der Kranz lehnte. Prüfender Blick in den Spiegel. Schweissperlen brachen aus der Nase, als sie von Martin keinen Laut mehr hörte. Ein junges Tier im Schlafzimmer, lautlos und womöglich drohend. Sie verwünschte ihn; verwünschte auch Gottfried; denn der Wunsch, er möge tot sein, hatte sich erfüllt; und auch das gewünschte junge Tier, kein Gramm Fett war an ihm, hatte sich eingefunden. Sie misstraute ihrem Glück. Wieder überlegte sie, dass jemand, der an Diabetes mellitus krankt, bekommt er zuviel Insulin, einen hypoglykämischen Schock erleidet, den man nur mit augenblicklicher Zufuhr von Traubenzucker mildern kann. Mit einer tödlichen Folge hatte Rita, ein sanftes Gemüt, aber nicht ohne Tücke, durchaus gerechnet.

Gottfried hatte ihre ausgefallenen Wünsche nie

oder selten erfüllt, und so war sie schon vor Jahren dazu gekommen, ihre Phantasie in den Gärten Felicitas Roses und Courths-Mahlers zu züchten, damit die Langeweile verbannt sei. Auch Crèmeschnitten, Schwarzwäldertorte und Schlagrahm dienten, zwar körperlich, zur Mästung. Ausserdem vertrieb der überreichlich genossene Eiercognac Überdruss und Düsterkeit.

Sie hatte vorgestern unterlassen, ihrem Mann den Traubenzucker zum Wurstbrot zu legen. Kurz nach Münsingen fühlte sich Gottfried Gampeler elend und zittrig. Er wusste, dass er nun sofort Traubenzucker nehmen musste, den er im Packwagen wähnte, wohin er unverzüglich gehen wollte; aber er wäre ohnehin vergebens gegangen, und der Schock ereilte ihn im Abteil erster Klasse, wo eine üppige Dame, die ihn an Rita erinnerte, und Rita war denn tatsächlich sein letzter Gedanke, mit spitzem Schrei die Notbremse zog. In Thun indessen war Gottfried Gampeler, der sich zuweilen als Indianer verkleidet hatte, tot.

Rita machte sich keine Vorwürfe: das war kein Mord. Das war Glückssache, fand sie und verschwendete keinen Gedanken daran, es könnte sich womöglich um einen perfekten Mord handeln. Die 20'000 Franken Lebensversicherungsprämie wogen die Gewissensbisse auf; und Pension sowie Witwenrente verachtete sie auch nicht. Endlich, nach Jahren, war sie wieder stolz auf ihren Mann.

„Das geht alles zu rasch", dachte sie und wischte mit dem Ärmel ihres beigen Kaschmirpullovers die Schweissperlen von der Nase. Ihre Empfindungen ertaubten. Der Geschmack im Mund war schal geworden. Plötzlich wurde sie von einem glucksenden Lachen geschüttelt. Allmählich ging das Glucksen in ein Hecheln über, als kreisste sie. Ihre Pupillen weiteten sich, und unversehens begann sie aus allen Poren zu stinken. Mit dem Kranz in der Hand, die Schleife glitt über den Boden, eilte sie ins Badezimmer, wo sie sich übergeben musste. Sie reinigte das grüne Lavabo und schaute dabei in den Spiegel, um sich nicht zu ekeln, wobei sie bemerkte, dass ihre Augen blutunterlaufen waren. In der Vorstellung erschien ihr Martin nackt, und sie liess Wasser in die Wanne laufen. Nackt nun, sie hatte sich eilig ausgezogen, hängte sie den Kranz an den Nacken. Die schwarze Schleife wie ein Lendentuch. Goldfarben der Name Gottfried Gampeler darauf. So sah sie aus wie ein alternde Hawaii-Tänzerin. Während das Wasser in starkem Strahl lief, sang sie mit guttural tiefer Stimme: „Vaya con Dios my Darling", erschrak aber davor, eilte zur Tür, schloss ab, indem sie den Schlüssel drehte und horchte. Das Rauschen übertönte jedes Geräusch. Lauschend verspürte sie ein starkes Verlangen nach Eiercognac. Eine halbe Flasche hatte sie schon getrunken, bevor Martin den Trauerkranz brachte.

Unlustig schlich sie zur Wanne. Sie drehte die Hahnen. Baden wollte sie nun nicht mehr. Erst jetzt schien ihr bewusst zu werden, dass sie den Kranz noch immer um den Hals hängen hatte. Sie zog den Hartgummistöpsel aus dem Abflussrohr, schaute zu, wie das Wasser ablief und warf in jäher Wut über Martin und Gottfried Gampeler den Kranz in die Badewanne. Doch der Kranz ging nicht unter. „Er hat die Haare gewaschen", fiel ihr ein; und: „Wie heisst er überhaupt?" Noch immer schwamm der Kranz und wurde, ölig das Wasser abstossend, ans Fussende der Wanne getrieben, wo er sich langsam zu drehen begann. Die Schleife wurde vor Nässe schwer, tauchte allerdings nur halb ein, so dass lediglich der Geschlechtsname „Gampeler" unter den Wasserspiegel geriet. Der Vorname „Gottfried" schwamm vorläufig noch obenauf und war beinahe unbenetzt. Das schlürfende Geräusch im Abflussrohr verstärkte sich. Ein Wirbel begann sich zu bilden, der, rübengross, bald dicker, bald dünner wurde, sich verneigte, sich schneller drehte, bis die Schleife ins Loch geriet. Entschlossen zog Rita die schlappe Schleife heraus, und ein künstliches Lorbeerblatt, das sich gelöst hatte, eilte, ohne an der Wanne kleben zu bleiben, auf dem Rinnsal schwimmend, zum Abflussrohr und bedeckte es hermetisch. Rita lachte wieder glucksend, als sie die Schleife auswrang. Die Tropfen quollen zwischen den Fingern hervor, und die Innenflächen der Hände waren goldfarben bestäubt.

Sie starrte auf die Namensspuren ihres Mannes

und ging watschelnd zur Tür, die sie, nachdem sie den Schlüssel gedreht hatte, öffnete, um dann ins Schlafzimmer, in dem sie das junge Tier wusste, zu gelangen, wo sie erschrak, weil sie es leer vorfand. In diesem Augenblick hörte sie die Uhr der Johanneskirche halb sieben schlagen. Martin, überlegte sie, befand sich also, er war kurz nach achtzehn Uhr gekommen, seit zwanzig Minuten in der Wohnung, falls er, woran sie betrübt dachte, überhaupt noch hier war. Um dies festzustellen, ging sie sowohl in die Küche als auch ins Wohnzimmer, wo sie aufseufzend die Cognacflasche auf dem Tisch sah. Die Flasche stand auf den Todesanzeigen, an denen sie, als Martin klingelte, geschrieben hatte.

Ins Schlafzimmer zurückkehrend, wo sie das Licht nicht anknipste, hielt sie die Flasche an den Mund und trank gehend. Sie setzte sich, verdriesslich, betrogen worden zu sein, auf den Bettrand und turnte mit den Zehen. Die Nackenhaare sträubten sich, als sie die leise Bewegung spürte. Rita erschrak so sehr, dass sie die Flasche fallen liess und den Mund weit aufriss. Ein Faden klebrigen Eiercognacs spannte sich zwischen den Lippen. Der Schrei blieb stumm wie im Traum. Hinter sich greifend, ohne sich umzukehren, betastete sie die Konturen des Körpers, welcher unter der preussischblauen Steppdecke verborgen lag. Erst jetzt schnellte sie, den Schrecken überwunden, hoch und riss die Decke weg, als wüsste sie, dass eine schwarzbehaarte, langbeinige Spinne ins Bett gekrochen sei.

Martin lag vor ihr, nackt, die braunen Hände vorm Gesicht. „Schauen Sie mich nicht an, bitte! Ich will", wimmerte er jetzt, „nicht zu Häberli zurück", verhaspelte sich und begann, wie immer, wenn er hochgradig erregt war, zu stammeln und zu stottern. „Nicht zurück; nicht zur Mutter! Doch, zur Mutter! Aber sie will mich nicht mehr. Sie hat mich schon früher − − früher − − ganz früh weggegeben, als ich noch klein war. Schauen Sie mich nicht an!" Rita wollte etwas Tröstendes sagen und fragte beiläufig, während sie sich bückte und die Cognacflasche aufstellte: „Wo wohnt denn deine Mutter?"

Martin, noch immer die Hände vor den Augen, sagte, dass sie ganz in der Nähe, an der Wylerstrasse, gleich um die Ecke, wohne. Sein Körper war steif und zittrig vor Scham. Rita starrte geistesabwesend auf diesen Körper und sog, nachdem sie gefragt, wie Martins Mutter heisse, und dieser den Namen Rosmann angegeben hatte, den Atem mit einem pfeifenden Geräusch ein, so dass Martin hochfuhr und sie perplex anstarrte. Erst jetzt gewahrte er, dass Rita nackt war. Brüste, so durchfuhr's ihn, gross und schwer wie Eisenbahnpuffer. Sein Mund trocknete im Augenblick ein: zwei Sekunden sah er im Halbdunkel, nur im Korridor brannte Licht, das Weiss weiblichen Fleisches, und schon pfeilte sein Blick in die Ecke, wo er zu seinem Erstaunen und überdies erstaunt darüber, dass er in einer solchen Situation erstaunt sein konnte, eine Art Schneiderbüste bemerkte, die mit einem Indianerkostüm, er glaubte es deutlich zu erkennen, bekleidet war. Rita folgte dem Blick, knipste den Schalter an und vergass für einige Sekunden, dass Martins Mutter, die kaum eine Minute Fusswegs von ihr entfernt wohnte, zwar kannte Rita sie nicht persönlich, wusste es jedoch, eine hundsgewöhnliche Hure war, die in der Metzgergasse auf den Strich ging.

„Ja, das gehörte meinem Mann", sagte sie, und Martin, der sich immer gewünscht hatte, eine Indianermontur zu besitzen, glotzte verwundert diese Lederschnüre, diese gefranste Lederhose, dieses Wams, diesen Tomahawk, diese Federhaube an. „Trink", sagte Rita und reichte ihm die Flasche, aus der, weil sie bauchig, nur wenig Eiercognac geflossen war. Martin gehorchte und fand Geschmack an dieser sündigen Süssigkeit, die angenehm wärmte. Als Strichjunge, der schon als Vierzehnjähriger auf der kleinen Schanze Geld verdient hatte oder von Schwulen mitgenommen worden war, kannte er das Abseitige. Sonderbare Wünsche waren ihm nicht fremd. Eine Frau hatte er zwar noch nie gesehen. Und jetzt setzte sich, die Nähe peinigte ihn, Rita wiederum auf den Bettrand. Die Erbitterung war gross in ihm, dass sich Erwachsene an seinem Leib lüstern gemacht hatten. Manchmal verspürte er das Verlangen, sich an jenen zu rächen, die seine

Empfindungen herabgewürdigt und ihn fortge-schickt hatten, wenn die Lust verflogen war. Den Lohn, manchmal zehn, manchmal zwanzig Fran-ken früher, hatte er immer ohne Bedenken ange-nommen. Erst als er in den Heimen gelernt hatte, wie man killt, einbricht, aufbricht, ausbricht und wie Schwule auszuquetschen waren, setzte er hö-here Preise fest: und so fragte er, über die eigene Kühnheit erschreckend und obwohl er nie bei ei-ner Frau gewesen war: „Was bezahlst du?"

Rita kreuzte die Arme vor den Brüsten und gluckste. Martin wusste nicht, dass sie lachte. Er vergass den Vorsatz, nicht zu Häberli zurückkeh-ren zu wollen und rechnete aus, dass er sich mit er-heblich aufgebessertem Trinkgeld, er dachte an hundert Franken, schon um halb acht wieder in der Gärtnerei einfinden konnte. Sittliche Gebote wa-ren ihm fremd. „Zum Glück", dachte er, „habe ich vorhin nicht geweint", und er berührte, kühn ge-worden, ihren Rücken, der sich im Takte des Glucksens rhythmisch bewegte. Der Rücken fühl-te sich zu seinem Erstaunen nicht feucht an. Rita zuckte zusammen und gab das Glucksen auf. Mar-tins Hand fuhr zurück, und ein bleiernes Schwei-gen lastete zwischen ihnen.

Als die Uhr der Johanneskirche Viertel vor sie-ben schlug, überfiel Rita den Jungen, der unter ih-rer schweren weiblichen Weichheit zu zucken be-gann. Ihre Gier erschreckte ihn, so dass er sich, sein Glied blieb klein vor Grauen, erniedrigt vorkam,

bis ihn Rita anfeuerte, er möge doch die Indianer-
tracht anziehen, was er, einigermassen erlöst, um-
gehend tat, wobei Rita sich vor Vergnügen und
Glucksen wälzte.

Er schwang nun, ein Indianer geworden, den
Tomahawk und tanzte, weil Rita es wünschte, einen wilden Tanz, gehorchte auch willig, als sie ihn
bat: „Nimm ihn doch raus! Ah: siehst du, wie es
ihm gefällt? Ganz prächtig, wie er von den Toten
aufersteht" und derlei Unsinn mehr, wonach sie
auf allen Vieren zum Radiator kroch und, nun vor
diesem liegend, das gewaltige Gesäss hochgewölbt,
mit beiden Fäusten auf den Boden zu klopfen begann. Sie flehte innig um Schläge, und Martin begriff und tat, was sie wollte. Er benutzte ein Bündel
Lederschnüre dazu und schlug Rita mit sanfter Gewalt, bis ihr Glucksen erneut zum Hecheln wurde.

Der Radiator befand sich etwa anderthalb Meter von den Fussenden der aneinandergeschobenen
Ehebetten entfernt, und Rita, jetzt auf dem Rücken
liegend, bäumte sich, indem sie die Beine übermäs-
sig spreizte, so auf, dass Martin, der Scham gewahr,
ein urtümliches Grauen empfand. Sie flehte um eine Fesselung und rief, dass sich Gottfried, diese
Kröte, geweigert habe in den letzten Jahren. Sie be-
dachte Martin mit blumigen Ausdrücken, und
während er sie fesselte, geil geworden durch ihre
Zunge, empfand er ein wildes Vergnügen daran,
Herr dieser weichen Fleischmassen zu sein, bis Rita, die Hände an den Radiator und die Füsse an die

beiden Beine des Bettes gefesselt, sich nicht mehr befreien konnte, so sehr sie sich auch wand.

Martin, über ihr stehend, ärgerte sich, abermals unfähig geworden zu sein, und der Ärger wich einer gewissen Verwunderung, als ihn Rita unmässig zu beschimpfen begann: „Du Schlappschwanz! Du schwules Würstchen!" Sie überbot sich selber in den gemeinsten Anwürfen. „Ein siebzehnjähriger Stricher, pah", schrie sie; und Martin, lächerlich genug, beteuerte, zwanzig Jahre und zwei Monate alt zu sein: er sähe eben nur jünger aus. Rita war nicht zu bändigen und entlarvte Martins Mutter als stadtbekannte Hure und ihn als einen impotenten Strichjungen. Er geriet in Wut und verteidigte sich, verteidigte sogar seine Mutter, glaubte Rita nicht, dass die Mutter eine Hure sei.

Verzweifelt stampfte er mit beiden Füssen, und in diesem Augenblick stand er, sein Schamhaar war noch von knabenhaft dreieckiger Form, plötzlich bis auf die Waden entblösst vor der Hohnlachenden, weil die Hose während der Stampferei gerutscht war. Er empfand seine gigantische Lächerlichkeit im ganzen Ausmass, schleuderte die Federhaube zu Boden und warf sich auf Rita, um sie zu schlagen. Er sah rot vor Wut, bemerkte aber die beiden Enden der Lederschnur, die sich Rita, zu welchem Zweck auch immer, selber um den Hals geschlungen hatte vor der Fesselung.

Sie schrie danach, bestraft werden zu müssen, als Martin an den Riemen-Enden zog. Er verstand

Rita gar nicht, die, noch im Tod blumig, einen Ra-
che- oder Würgeengel erwähnte. Ihre Tat sei ge-
sühnt; Gottfried gerächt: bis sie nichts mehr sagen
konnte, weil Martin immer fester zog, bis er eigentlich nur noch Angst davor empfand, mit diesem
Ziehen aufhören zu müssen, was er aber, völlig erschöpft, trotzdem tat, indem er zitternd aufstand
und fliehen wollte, wobei er jedoch, durch die ge-
rutschte Hose behindert, stolperte und hinfiel. Er
zog sich um, lief durch die Wohnung, suchte Geld,
fand eine ziemlich hohe Summe und las dann nach
279 Tagen durchgestandener Untersuchungshaft,
genau ein Jahr nach der Tat und nun im Gefängnis,
in seiner Zelle einen ausführlichen Zeitungsbericht.
Gewisse Stellen übersprang er:

»– – durch die lateinischen Namen der Pflan-
zen überfordert wurde – – beim Angeklagten um
eine durch Anlage und durch schädigende Mi-
lieueinflüsse schwer gestörte, unintelligente Per-
sönlichkeit handelt mit ausgeprägten konstitutio-
nell psychopathischen Charakterzügen, nämlich
Infantilismus mit Reifungsverzögerung, Egozen-
trität, Geltungsbedürfnis und Bindungsarmut, mit
Mangel an innerer Steuerungsfähigkeit und mit de-
struktiv aggressiven Impulsen. Die Milieuschädi-
gung habe darüber hinaus zu einer affektiven Ver-
wahrlosungsstruktur mit neurotischen Zügen und
massiv abgewehrten latent homosexuellen Tendenzen geführt – – nirgends ein Zusammenhang
zwischen dem zwei Tage vor der Ermordung des

Opfers eingetretenen Tod des Ehegatten – – dass der Angeklagte in einer ausgesprochen provokatorischen Situation hochgradig erregt wurde und als Folge davon die Selbstkontrolle völlig verlor – – M. kennt seinen Vater überhaupt nicht und seine Mutter nur dem Namen nach und von einem Brief. Auf seinen schriftlich geäusserten Wunsch hin, mit der Mutter in Verbindung treten zu wollen, schrieb sie ihm postlagernd einen abweisenden und kalten Brief und drohte ihm sogar mit der Polizei, falls er sie aufsuche. M. wuchs in Pflegefamilien und Heimen auf – – riss wiederholt aus, bis er sich schliesslich in der Anstalt Tessenberg wohlfühlte."

Martin begann wie toll zu lachen. Tränen stürzten ihm aus den Augen. Er warf den aus der Zeitung ausgeschnittenen Lebensbericht, er kannte ihn ohnehin auswendig, auf den Boden, öffnete die Hose und nahm sein Glied in die Hand. „Der Angeklagte", so leierte er den Bericht auswendig herunter, „habe aus einer unbewussten Angst vor seinen homosexuellen Tendenzen gehandelt – –" Er stockte und hörte sich selbst nur noch in Bruchstücken reden: „– – seine Aversion gegen Frauen – – unbewusster Muttermord – – Komplexe – – nach der Tat stahl er sowohl beim Opfer wie beim Gärtnermeister H. Geld, bei letzterem noch Kleidungsstücke, wobei es ihm in erster Linie darum ging, Mittel für die Flucht nach Deutschland zu beschaffen. Er floh sozusagen in die Verhaftung. In Briefen bezichtigte er sich der Tat, und als danach nichts geschah, stellte er sich am 11. März 1972 in Köln der Polizei – – aus Abscheu über ihre Zumutung – – Zumutung – – Zumutung – –" Martin onanierte nun heftig und mit bösem Gesichtsausdruck – „und voller Wut über ihre Schmähungen, zog er die Lederriemen derart stark zusammen, dass infolge unterbrochener Blutzufuhr zum Gehirn der Tod – – jetzt", sagte er, „Sauerei" und schaute zu, wie sein Samen auf den Lebensbericht tropfte, fuhr fort: „– – Tod eintrat – – das war dem Angeklagten eindeutig bewusst; antwortete er doch auf eine entsprechende Frage nach der Verhaftung in Köln, ob er eigentlich bei seinem Tun mit der Möglichkeit des Todes gerechnet habe: 'Ja. Das leuchtet doch jedem ein, oder?'"

Martin sah zu, wie der Fleck auf seinem Lebensbericht grösser wurde, nahm ihn, zerknüllte ihn und stopfte ihn, während er sich auf die Pritsche warf, in den Mund, kaute daran, frass ihn auf, würgte ihn hinunter: „Das leuchtet doch jedem ein, oder?"

Wannsee

Heinrich von Kleist, der seit seiner zuerst heimlichen, dann allgemein bekannt gewordenen Verbindung mit Henriette Vogel, Gattin des General-Rendanten Friedrich Vogel, in ärmlichen Verhältnissen lebte, weil die von ihm herausgebrachte Zeitung „Berliner Abendblätter" wegen des beträchtlichen Verlustes an Abonnenten eingegangen war, kam an einem nebligen und kalten Nachmittag Ende November des Jahres 1811 mit einer Kutsche von Berlin her in die Nähe Potsdams, wo er beim Gastwirt Stimming anhalten liess und aussteigend Henriette behilflich war, die, seine Hand nehmend, sich unschlüssig umblickte. Dem Wirt, der schwer atmend, so dass grauer Hauch aus den geöffneten Lippen drang, unter der Tür stand, sagte Kleist, er wolle, bis auf weiteres, hier Quartier, zwei Zimmer im oberen Stockwerk des Hauses, nehmen. „He", rief der Wirt, und noch einmal zum mistführenden Taglöhner Riebisch: „He, Riebisch, fache Er ein Feuer an, und schaffe Er das Gepäck der Herrschaften hinauf!" Kleist flüsterte seiner vermummten Begleiterin etwas ins Ohr und liess den Lohnkutscher, der Riebisch Gepäckstücke reichte, stehen. Er trat, die Frau stützend, in die Gaststube ein und befahl, nachdem er eine Pfeife mit Tabak gestopft und angeschmaucht hatte, Kaffee zu bringen, in den er sich Rum schüttete. Die Hand des Gastes, bemerkte der Wirt, misstrauisch das Paar beobachtend, zitterte, als Kleist sich übers schwarze Haar strich, das, auf der breiten Stirn gezackt, bis zu den Brauen reichte und im Nacken gekräuselt war.

Den Kaffee kaum getrunken, stand Kleist hastig auf und verliess mit Henriette die Gaststube. Oben, wo Riebisch unterdessen geheizt hatte, schloss Kleist die Tür, öffnete einen Sack und entnahm demselben ein grosses Pistol, mit der Kolbe etwa eineinviertel Fuss lang, den Lauf nach mit der Aufschrift Lazarius Comminazzo bezeichnet, wog die Waffe in der Hand, nahm sie in Anschlag und zielte gegen Henriette, dergestalt, dass sie, zurückweichend, die Hände hob und stammelte: „Mein Heinrich, mein Süsstönender, mein Hyazinthenbeet, meine Aeolsharfe, mein Sünder, mein Gewünschtes, meine süsse Sorge, mein Wald, mein Schwert, meine rechte Hand, meine Träne, meine Himmelsleiter, mein zarter Page, mein Kristall, meine Belohnung, mein Werther, mein Weihrauch und Myrrhen, meine Dornenkrone, mein armer kranker Heinrich, mein zartes weisses Lämmchen, meine Himmelspforte", und dergleichen mehr, bis sie, Speichel in den Mundwinkeln und ihre kunstvoll hochgetürmten, zu beiden Seiten auf die nun entblössten, weissen Achseln fallenden Haare zerzaust, dem Zielenden, dessen hellblaue Augen tränten, entgegenstürzte und vor ihm niederkniete. Kleist biss die Zähne so fest zusammen, dass die Pfeifenspitze entzweibrach. Er warf Pistol und Tabakspfeife weg und presste Henriettes Kopf gegen seinen Leib. „Mein Kindchen", besänftigte er sie,

„wir müssen in die Gaststube, wir müssen fröhlich sein, wir dürfen uns nichts anmerken lassen, jetzt, mitten im Triumphgesang, den meine Seele in diesem Augenblick des Todes anstimmt – nichts anmerken lassen! Meine ganze, jauchzende Sorge kann nur sein, den Abgrund, tief genug, zu finden, um mit dir hinabzustürzen. Ein Strudel, ein Strudel von nie empfundener Seligkeit hat mich ergriffen, und ein Grab mit dir ist mir lieber als die Betten aller Kaiserinnen der Welt."

„Gut", sagte sie, „gut", stand auf, „gut, mein Heinrich, meine Syringsflöte, gut." Während sich Henriette zurechtmachte, ordnete Kleist Briefsachen, hob das Pistol auf, nahm ein zweites, versteckte beide im Nebenzimmer und stieg endlich mit Madame Vogel in die Gaststube hinunter, wo ihnen der Wirt abermals Kaffee reichte.

Sie gingen eine gute Stunde spazieren. Als sie einig wurden, wo sie gemeinsam sterben wollten, kehrten sie zum Gasthof zurück. Dort wartete noch immer der Kutscher. Kleist lohnte ihn ab. Erstaunt wegen des hohen Betrages, der ihm ausgehändigt wurde, verzog der Kutscher die Lippen. Er stieg auf den Bock, und das Pferd, als erschräke es, zog heftig an. Die Räder knirschten. Noch immer grinsend, in die schwarze Kapuze gehüllt, wandte sich der Kutscher um und zeigte seine langen gelben Zähne.

Kleist, hineingehend, verlangte das Abendbrot. Er bestellte drei Bouteillen Wein, zerstreute, indem er wilde Spässe trieb, des Wirtes Bedenken und folgte Henriette ins Zimmer nach, wo er das Essen, das man später brachte, nicht anrührte.

Henriette weinte. Kleist wollte sie umarmen und trösten. Er ging ihr entgegen und zertrat auf halbem Weg mit dem runden Schlappstiefel die am frühen Nachmittag weggeworfene Tabakspfeife. Er rief aus: „Meine Lieblingspfeife, verdammt!"

„Ach", entgegnete Henriette, „darauf kommt es jetzt nicht mehr an." Kleist bückte sich und berührte die zerbrochene Pfeife. Er bestätigte, dass es jetzt tatsächlich nicht mehr darauf ankomme, liess die Pfeife liegen und empfand, als er sich aufrichtete und Henriette ansah, Abscheu gegen sie. Seine Augen trübten sich. Henriette, die es bemerkte, fragte, ob er sich anders entschliesse. „Ich?" Er starrte sie an und stampfte, „ich? Ich einen anderen Entschluss fassen?"

„Du hast es mir versprochen! Versprochen! Du erinnerst dich! Damals. Ja, wir spielten Beethoven."

„Nein, wir sangen."

„Gut. Wir sangen", kreischte sie, „wir sangen, gut! Und was hast du gesagt? Was? Was sagtest du? Dass es zum Erschiessen schön sei, zum Erschiessen schön! Du gewährtest mir eine Bitte, du versprachst es, du hast es versprochen, mir, mir! Ich bin die erste, die dich darum bat! Alle anderen wollten nicht, nur ich, ich will, ich will, und jetzt willst du — — willst du?" Kleist, mit hängenden

Armen, murmelte: „Ich bin ein Mann, der sein Wort hält." Henriette eilte auf ihn zu. Doch Kleist stiess sie weg. Sie taumelte nach hinten und stiess gegen den Tisch, auf dem, neben dem Nachtessen, das Schreibzeug lag. Erregt flüsterte sie: „Wem hast du es noch versprochen? Wem? Wem? Wem? Schon in Thun? Jungen Männern, wie? Allen Jünglingen, mit denen du nackt badetest? Mit allen wolltest du sterben, nicht wahr? Und auch mit Marien, die du angeblich meinetwegen verlassen? Ja? Aber ich, ich bin krank, mir ist es ernst, krank, krank, der Krebs frisst mich auf, Heinrich, du, ich, du weisst es, du, ich, du weisst es, ich verfaule, mein bester Kleist, mein Herr Heinrich, du Canaille! Ach", weinte sie plötzlich, „wir haben es uns so schön vorgestellt, so", sie hielt inne und suchte nach einem Wort, „so erhaben", dies betonend: „So erhaben!"

Kleist gab keine Antwort, ging hin und her, hämmerte sich mit der Faust an die Stirn und befahl nach einer Weile dem herbeizitierten Hausdiener, er möge vier Lichter bringen, die während der ganzen Nacht brannten. Es fröre ihn, sagte Kleist, es fröre ihn, obwohl im Ofen das Feuer brannte, es fröre ihn.

Henriette, stundenlang bewegungslos und gerade auf dem Stuhl sitzend, sprang auf, als Kleist unversehens schrie: „Komm, Vögelein, komme, setze Sie sich, Voglerin, ich will Ihr ein Billet diktieren! Denn ich habe Ihrem, gestern an den Werten Herrn Gemahl und General-Rendanten der kurmärkischen Landfeuersozietät geschriebenen Brief noch einiges nachzutragen. Schreibe Sie: 'Nun, mein guter, vortrefflicher Vogel, die letzte Bitte, welche ich dir vorzutragen habe. – Trenne Kleist ja nicht von mir im Tode, und mache doch die Anlagen seines gehörig anständigen Begräbnisses, zu deren Wiedererstattung schon Verfügungen von seiner Seite getroffen sind.' Hast du das? Bist du jetzt zufrieden? Bon. Dann trinken wir Kaffee."

„Jetzt? Um diese Zeit?" wandte Henriette ein. „Oui, Madame, um diese Zeit!" brüllte Kleist und veranlasste, dass die Dienstmagd, Jungfer Feilenhauer, zwar verschlafen, Kaffee brachte, worauf Henriette, allein, denn Kleist war im Nebenzimmer, sagte, es geschähe auf ihr Verlangen, dass man zwischen drei und vier Uhr früh Kaffee bringen müsse.

Die vier Lichter erhellten das Zimmer. Im Ofen brannte das Feuer. Kleist ging wieder hin und her. Unruhig sein grosser Schatten an der Wand. Henriette erschrak, weil sich Kleist plötzlich bückte und dem braunlackierten Kästchen, das sie leer vermutete, Papiere entnahm, die er zitternd an die Brust presste. „Was?" fragte sie, „was? Du – du hast nicht alles verbrannt bei mir?" Ihre grossen Augen unter den starken Brauen wurden gläsern vor Furcht. Kleist, mit aufgerissenem Mund, stumm, schüttelte den Kopf. Henriette streckte die

Hand aus und stand langsam auf. „In Paris, vor sieben Jahren, den Guiskard, ich — ich vernichtete ihn, Pest, ich vernichtete ihn, zerfetzen, verbrennen, ich konnte nicht, ich kann nicht, ich knirschte mit den Zähnen, eine furchtbare Entsagung, und Pfuel, ich liebte ihn, auch Brockes, auch Brockes, mit dem ich in Würzburg, um — um — nein, nein ich sage es nicht, Brockes und Pfuel und andere, viele andere, alle waren jung und jetzt, ich kann nicht, ich komme nicht los davon, es ist lächerlich, ich bin vierunddreissig, es ist lächerlich, immer wieder", so stammelte er, vor dem eigenen grossen Schatten stehend, unzusammenhängende Sätze, bis Henriette, was Kleist, wie von einem Fausthieb getroffen, zusammenfahren liess, langsam sagte: „Heinrich, mir graut vor dir!" „Ha!" schnaubte er, „ha, er hat es gut. Ich wollte ihm den Lorbeer rauben, schon früher, dem Kerl in Weimar, der jetzt den Strahl zerlegt, den seine Jugend sonst warf. Ich aber kann nicht. Hier hab ich's in den Händen. Ich kann nicht, ich kann nicht. Hier in den Händen der Beweis meines Unvermögens! Jahrelang daran geschrieben, an meinem ekelhaften Roman, in dem alles steht, in dem ich aufstehe, in dem ich mich angrinse, wo ich über mich hinaus wachse, ein Gespenst, mein Gespenst, das mich beutelt, packt, würgt, mein verfluchtes Ich hier, hier, hier! Aber ich zerfetze es, ich zerreisse, zerfetze", was er tat, indem er, wie toll, dergestalt, dass seine Finger sich am scharfen Papierrand blutig schnitten, die Bogen zu zerreissen begann, und: „Zerreissen, zerreissen und zerfetzen, vernichten, dieses Leben, diese Geständnisse, diese Erlebnisse im Dunkel, das leuchtet vor Schmerz und Blut, diese verpassten Gelegenheiten, alles zerreissen, zerfetzen, zermalmen, dieses Papierleben, diese Jugend, ja, Winter, weiche, lieblicher Greis, der die Gefühle ruhigt zu Eis, hahahaha! Frühling? Frühling? Nichts schmilzt, nein, nichts, weder die Ströme noch — — nein, nichts, ich widerrufe. Meine sieben Dramen — — alle zerreissen, nein, nicht Penthesilea, sie tat es richtig, ich weiss, ich weiss, sie sagte: 'So! So! So! So! Und wieder. — Nun ist's gut.'

Was? Was? Du stehst? Warum fällst du nicht? Warum stehst du lebend da? Warum starrst du mich an? Nicht wahr, ich bin kein Mann, nur ein Hypochonder, nicht wahr? Einer, der jedermann darum bittet, gemeinsam mit ihm zu sterben. Aber ich kann nicht allein. Ich darf nicht allein sterben. Nicht allein! Steh nicht da und starre! Rasend — ach — — du ekelst mich an! Warum bin ich nicht mit Pfuel gestorben? Taumel, Taumel, wie habe ich mir vorgestellt zu sterben, tausendfach den Tod, und immer wieder der Tod, und jetzt, wo ich weiss, gewiss, ich werde es tun, ja, ich werde es tun, ich bin ein Mann, der sein Wort hält, du gottverdammte Hure, ich werde dich niederknallen, ich werde es tun, gemeinsam mit dir verfaulen, in dich verkrallt, in die Fäulnis deines Gebärmutterkrebses hineinfaulen, diese gemeinsame fürchterliche Verwesung, ohne Gott, ohne Kant, ohne Brockes, ohne Pfuel, ohne Strassenjunge in Prag, ohne Gefängnis, ohne Lues, nur dieses Verfaulen, Verrotten im gemeinsamen Grab, dieser fürchterliche Beischlaf ohne Ende mit einem – furchtbar! mit einem Weib im Tod! Keinen sicheren Weg des Glücks zu finden und ungestört, auch unter den grössten Drangsalen des Lebens, ihn zu geniessen.

Kein Weg, kein Ausweg! Aber ein langer krummer Irrweg, Frankfurt, Potsdam, Rheinfeldzug, Würzburg, Dresden, Göttingen, Mainz, Strassburg, Paris, Bern, Thun, Leipzig, Berlin, Châlons-sur-Marne, Aspern, Prag – – – Städte, Städte, Leichen, Militär, Gefängnisse, Krankheit, und immer wieder diese Zusammenbrüche – immer das letzte Mal, und immer wieder von vorn, immer wieder anfangen, ein Nie-Wieder schreien, endgültig, unausweichlich, unwiderruflich. Mein Leben auf dem Papier, die furchtbarste Leiche. Zerrissen, zerfetzt! Die Fetzen verbrennen! Alles verbrennen! Alles, alles verbrennen. Das papierene Umsonst verbrennen." Und er raffte die Papiere zusammen und zerknüllte sie und öffnete den Ofen und sah zu, wie das Papier sich fältelte, sich aufbäumte, Flammen spie, einschrumpfte, aschig in die Höhe stob, schwarz verkohlt, knisternd.

Er brach zusammen und umschlang Henriettes Beine. „Alles verbrannt", schluchzte er, „alles ist verbrannt. Mein Leben verbrannt, mein Lebensroman verbrannt, meine Zierde verbrannt, meine Hoffnung verbrannt, meine Männlichkeit verbrannt, ausgeglüht — — Wolken, eine düstere Pracht. Hermes, mein Psychopompos hat mich verlassen. Graue Mauer, die durchrissen ist. O wie die Schönheit meines nur geträumten Gottes schmerzte, und sie durchbohrte mich, ein Pfeil, dessen Spitze in einem betäubenden Gift getränkt ist. Meine Wünsche aber verdunkelten sich im Schatten meiner Begierde. Stinkendes Ausschwitzen meines Lasters. Ach, des schwarzen Ergusses."

Henriette, müde, öffnete langsam ihr Kleid, streifte es ab, stand, weiss, vor Kleist, der auf den Knien, winselnd, zurückwich und immer wieder sagte: „Nein nein nein nein nein", stand so vor Kleist, ihr Haar eine finstere Flamme, stand, eingeknickt vor Scham, stand tränend und wartete. Aber Kleist, die zerbrochene Pfeife in der Hand, schloss die Augen, flüsterte: „Noch nicht, noch nicht, ich kann nicht", floh ins Nebenzimmer und verriegelte die Tür. Lautlos weinend klopfte Henriette. Sie bat: „Heinrich, mein Hoffen und Harren, meine Wiedergeburt, meine Seele sollst du haben!"

Lange lag sie vor der Tür, und ihre Hand wurde heiss. Als sie hörte, wie sich Kleist erbrach, stand sie auf. Der Ofen war erloschen. Nur zwei Lichter brannten noch. Schaudernd vor Kälte befahl Henriette Kaffee. Jungfer Feilenhauer brachte ihn und leistete Henriette hilfreiche Hand beim Schnüren.

Als Kleist plötzlich heftig an der Tür pochte,

rief sie: „Bonjour, mon enfant, un moment, s'il te plaît, mon cher ami!" Jungfer Feilenhauer machte einen Knicks und entfernte sich.

Kleist, eintretend, ging, ohne Henriette zu beachten, an den Tisch, wo er stehend an seine Stiefschwester Ulrike in einem Zug den Brief folgenden Inhalts schrieb: Ich kann nicht sterben, ohne mich, zufrieden und heiter, wie ich bin, mit der ganzen Welt, und somit auch, vor allen anderen, meine teuerste Ulrike, mit Dir versöhnt zu haben. Lass sie mich, die strenge Äusserung, die in dem Brief an die Kleisten enthalten ist, lass sie mich zurücknehmen; wirklich, Du hast an mir getan, ich sage nicht, was in Kräften einer Schwester, sondern in Kräften eines Menschen stand, um mich zu retten: die Wahrheit ist, dass mir auf Erden nicht zu helfen war. Und nun lebe wohl; möge Dir der Himmel einen Tod schenken nur halb an Freude und unaussprechlicher Heiterkeit dem meinigen gleich: das ist der herrlichste und innigste Wunsch, den ich für Dich aufzubringen weiss.

Stimmings bei Potsdam

d. — am Morgen meines Todes

Dein Heinrich

Henriette schaute ihm über die Schulter und sagte laut: „Deine Heiterkeit will mich nicht so heiter dünken." Kleist streute ohne Antwort Sand aufs Papier, pustete, faltete den Brief, machte die zur Beförderung bestimmten Schriftstücke für den

Boten fertig und trank den kalt gewordenen Kaffee. Um neun Uhr kam das Mädchen und reinigte die Kleider.

In der Gaststube, wo sich Kleist und Henriette gemäss ihrer Verabredung lustig gebärdeten und einander mit Kindchen anredeten, fragte gegen Mittag der Wirt Stimming, was den Herrschaften beliebte am Abend speisen zu wollen. Kleist antwortete: „Wir bekommen heute abend zwei Fremde, die müssen recht gut essen.” „Ach nein”, sagte Henriette, „ich dächte, wir liessen es, sie können auch mit einem Eierkuchen vorlieb nehmen wie wir.” „Nun”, sagte Kleist, „dann essen wir morgen mittag desto besser”; und Henriette wurde bleich; und beide wiederholten: „Auf den Abend kommen zwei Gäste.” Kleist, der wusste, dass der Gemahl Vogel in Begleitung des Kriegsrates Peguilhen kommen würde, händigte dem Wirt scherzend die Briefschaften aus, mit der Order, ein Bote solle unverzüglich die Briefe nach Berlin bringen.

Kleist und Henriette gingen in den Hof, trieben Schabernack, ja, Kleist, übermütig, sprang und hüpfte sogar über die Kegelbahn und schrie: „Alle Neune fallen sie!” und hiess Henriette ein Gleiches zu tun, was sie indessen ablehnte. Vielmehr tändelte sie in der Küche und bestellte Kaffee. Kleist entfernte sich hastig, eilte in sein Zimmer und kniete. Er suchte die zerbrochene Pfeife, fand sie aber nicht mehr. Er holte die zwei Pistolen, lud sie vorsichtig, legte sie in ein Körbchen, das er mit einem weissen Tuch bedeckte und kehrte in die Küche zurück, wo er für acht Groschen Rum befahl. Er zog die Rechnung, die er am Morgen verlangt, bezahlt und dann quittiert zurückerhalten hatte, hervor, betrachtete sie sinnend und versorgte sie wieder. Unvermittelt machte er den Vorschlag, man solle einen Tisch und zwei Stühle zum Wannsee tragen, denn er gedenke, dort Kaffee zu trinken. Frau Stimming machte Einwände: es sei zu umständlich. Doch Kleist bestand darauf. Endlich willigte die Stimming ein und sagte, sie wolle inzwischen die Zimmer reinigen. Kleist lehnte erschrocken ab und meinte, dass lieber darin alles so bleiben möge.

Nachdem sich das Paar die Zeit vertrieben und hin und wieder gefragt, ob der Bote wohl schon in Berlin sei, ging es, Hand in Hand, über die Wilhelmsbrücke auf die Chaussee, wo ihm, eine Karre Mist stossend, die den Weg versperrte, der Tagelöhner Riebisch begegnete. Kleist sagte barsch: „Ziehe Er die Karre aus dem Weg, damit die Dame passieren kann", und Riebisch tat so, wofür er einen Groschen erhielt. Er schaute den Davoneilenden nach. Sein Weib kam ihm entgegen und sagte: „Riebisch, stell dir doch die Tollheit vor, die beiden Menschen wollen dort oben Kaffee trinken – mitten im Winter!" Riebisch brummte, dass sie doch dafür bezahlt werde, also könne sie den Kaffee bringen, und er karrte seiner Wege. Der Wirt hiess ihn später, einen Tisch und zwei Stühle zum Hügel beim Wannsee hinauftragen. Der Tagelöhner gehorchte, schleppte Tisch und Stühle und fand das Paar beim Hügel. Kleist schüttete Rum in den Kaffee und sagte zu Riebisch: „Alter Vater, sage Er doch dem Herrn, dass er mir diesen Buddel noch halb voll Rum fülle und herschicke!" Henriette warf ein: „Liebes Kind, willst du heute noch mehr Rum trinken, du hast ja schon genug Rum getrunken." Kleist besann sich einen Augenblick und sagte dann trocken: „Nun, liebes Kind, wenn du nicht willst, will ich auch nicht. Dann lasse Er es nur sein, alter Vater, und bringe Er nichts her."

Henriette gab der alten Riebisch, die den Kaffee gebracht hatte, Milch zu trinken und meinte, als sich die Alte beschmutzte, kreischend vor Lachen: „Sehe Sie einmal, was Sie sich für einen Milchbart gemacht hat!"

Kleist, verwirrt, sagte, man möge einen Bleistift bringen, packte Henriette an der Hand und zischte: „Willst du wohl lustig sein? Lustiger sein, verdammt!" Und Henriette lachte schrill, und beide, springend, schäkernd, jagend, tobten den Hügel hinunter zum Wannsee und spielten Zeck. Die Alten blickten dem jungen Paar belustigt nach und gingen zum Gasthaus zurück. Als die Riebisch den Bleistift brachte, hüpften ihr Kleist und Henriette entgegen. Kleist reichte der Tagelöhnerin eine Tasse, in der einige Geldstücke lagen und sagte freundlich, während sein Gesicht zuckte: „Mütterchen, da ist der Tassenkopf, den nehme Sie mit, und wasche Sie ihn aus und bringe ihn wiederum." Die Alte ging.

Kleist öffnete das Körbchen und entnahm demselben ein grosses Pistol, mit der Kolbe etwa eineinviertel Fuss lang, den Lauf nach mit der Aufschrift Lazarius Comminazzo bezeichnet, wog die Waffe in der Hand, nahm sie in Anschlag und zielte gegen Henriette, dergestalt, dass sie, zurückweichend, die Hände hob und stammelte: „Mein Heinrich, meine Freude im Leid, mein − −"

„Genug", unterbrach sie Kleist, „genug! Ich bin ein Mann, der sein Wort hält." Er feuerte, und Henriette, in die linke Brust getroffen, sank in die Grube und starb. Kleist packte ihre Schultern und lehnte die Leiche an die Grubenwand. Dann faltete er seinem Opfer die Hände. „Jetzt, jetzt! Ich schaffe es, jetzt kann ich, jetzt", nahm die zweite Waffe, keuchte, umklammerte den harten Lauf, stiess die Mündung zwischen die Lippen, keuchte, keuchte: „Jetzt", und spürte die heisse Umklammerung, sah Feuer, seine Mutter, eine Haarnadel, Robert Guiskard, und vernahm noch den Schuss und sah sich versinken im hellroten Knall.

Nach kurzer Zeit kehrte die Riebisch mit der leeren, gewaschenen Tasse zurück. Sie fand die beiden Leichen beim Wannsee in einer Grube liegen. Fuss an Fuss, die Gesichter gegeneinander, die Oberkörper rückwärts gebogen und an die Grubenwand gelehnt, sassen sich die Entleibten gegenüber und starrten sich an.

Die Riebisch schrie auf, liess die Tasse fallen, lief ins Gasthaus zurück und zitterte immer noch, als der Ehemann Vogel und seine Begleiter eintrafen. Vogel gebärdete sich untröstlich, nahm eine Prise und begab sich um elf Uhr zur Ruhe. Anderntags liess er sich eine Locke seiner Gattin überreichen und reiste nach Berlin zurück.

Am Mittag aber kam der andere Herr, welcher mit dem Vogel ebenfalls abgereist war, zurück, veranlasste, dass am Tatort ein tiefes Loch gegraben werde und sagte, zwei Särge würden von Berlin hergebracht.

Unterdessen öffnete der Teltowsche Kreisphysikus Dr. Sternemann die Leiche Kleists, zwang ihm mit viel Mühe und Not den Mund auseinander, zersägte den Kopf, entfernte das dreiviertel Lot wiegende Stück Blei aus dem Gehirn, diagnostizierte, dass Kleist an Erstickung durch das Schiesspulver gestorben war, fand verdickte, schwarze Galle und gab zu Protokoll, dass Kleist dem Temperamente nach ein Sanguino cholericus in summo gradu gewesen und gewisse harte hypochondrische Anfälle oft habe dulden müssen, was hieraus auf einen krankhaften Gemütszustand des Denati von Kleist mit Recht schliessen lasse.

Er nahm nicht teil, als man das Paar in zwei Särgen abends um zehn Uhr im tiefen Loch verscharrte. Als sich jedoch alle Beteiligten entfernt hatten, kam vom Wannsee her, aus dem dichten Nebel, eine Gestalt, die in einen schwarzen Kapuzenmantel eingehüllt war. Es war der Kutscher, der, von Berlin her, sowohl Kleist und Henriette, als auch, heute, zwei Särge gebracht. Er beugte sich nieder und stiess grinsend seinen Finger in die nachtkalte Erde.

Er stieg auf den Bock, und das Pferd, als erschräke es, zog heftig an. Die Räder knirschten. Noch immer grinsend, in die schwarze Kapuze gehüllt, wandte sich der Kutscher um und zeigte seine langen gelben Zähne.